Rencontre dans un jardin

Jonathan KOSBY

Rencontre dans un jardin

*Nouvelles illustrées
arrosées d'un soupçon d'étrangeté*

En application de l'art. L.137-2.-I. du code de la propriété intellectuelle, toute reproduction et/ou divulgation de parties de l'oeuvre dépassant le volume prévu par la loi est expressément interdite.

© Jonathan Kosby 2025

Édition : BoD · Books on Demand, 31 avenue Saint-Rémy, 57600 Forbach, bod@bod.fr
Impression : Libri Plureos GmbH, Friedensallee 273, 22763 Hamburg (Allemagne)

ISBN : 978-2-8106-2671-7
Dépôt légal : Mars 2025

*Personne ne peut savoir si le monde est fantastique ou réel,
et non plus s'il existe une différence entre rêver et vivre.*
Jorge Luis Borges

Table

Paroles de livre.. 11

Carton d'anniversaire.................................. 31

Changer l'histoire....................................... 41

La bulle... 59

Le masque... 75

Rencontre dans un jardin............................ 107

La mère idéale.. 129

Prélude et Prémices.................................... 141

L'Automne qui voulait être le Printemps......... 161

L'appel du livre.. 173

Paroles de livre

L'orage s'est abattu sans prévenir. Le fracas du tonnerre fait vibrer mes os, fouette mon sang, attise la fièvre qui me ronge. Je tremble, de froid ou de rage, je ne sais. Mes cheveux dégoulinent dans mon cou, ruissèlent sur mon visage, masquent la cicatrice toute fraîche sur mon front. L'eau glacée se mêle à mes larmes.

Je me réfugie dans la première boutique venue. Une clochette à deux tons annonce mon arrivée. La porte s'ouvre sur un espace à peine éclairé par la lueur crépusculaire de quelques lampes à abat-jour disséminées sur de petites tables entourées de chaises. Tout autour de moi, une multitude de livres, entassés sur des étagères en bois sombre, grimpent à l'assaut des murs jusqu'au plafond. C'est bien ma chance. Parmi toutes les boutiques croisées sur ma route, il fallait que je tombe sur une librairie à l'allure de bibliothèque.

Une femme, d'un certain âge, interrompt sa lecture à mon approche. Elle se lève et chemine à petits pas parmi les tables encombrées d'ouvrages. Son visage semble fait du même parchemin que celui sur lequel on écrivait, jadis. Ses traits affichent la béatitude de ceux qui traversent la vie sans s'arrêter aux futilités du monde.

— Bonjour, madame, puis-je vous aider ?

Sa voix trop douce cherche à me séduire ou à me rouler dans la farine. Intonation professionnelle qui me hérisse la peau.

— Excusez-moi… je suis entrée par hasard… Je voulais juste me protéger de la pluie.

Elle sourit. Sourire commercial. J'ai horreur des publicités qui mettent en scène des grands-mères aux joues roses et au regard affectueux. Elle me désigne un fauteuil :

— Installez-vous, le temps que l'orage s'éloigne. Le hasard a guidé vos pas. Il ne se trompe jamais. Ici, vous êtes en sécurité.

Si Benoît était là, il dégainerait sa citation prête à l'emploi : *il n'y a pas de hasard, il n'y a que des rendez-vous.* Belles paroles pour qui aime l'artifice. De quelle sécurité parle cette brave femme ? Aurait-elle des accointances avec une compagnie d'assurance ou un vendeur de systèmes d'alarme ? Qu'importe ! Je profite de la chaleur qui commence à m'envelopper. J'enlèverais bien mes chaussures, mais je doute que ce soit apprécié dans une librairie. Mes paupières se ferment malgré moi. Dormir me ferait tellement de bien. À quoi bon ? Le monde n'aurait pas changé à mon réveil.

La libraire revient :

— Tenez, prenez ce livre en attendant.

Moi, je suis plutôt télé, mais ce serait impoli de refuser. La couverture du bouquin est blanche, vierge de toute inscription. Pas de titre ni de nom d'auteur. Dehors, l'orage redouble. De longs filaments d'eau zèbrent la vitrine. Quelques silhouettes déformées rasent les murs. On croirait la nuit tombée à onze heures du matin. Je consulte mon téléphone. Pas de réseau. Le sentiment d'être prise au piège m'étreint sans que je comprenne pourquoi. Rien ne me retient ici. Il suffirait que je me lève et que je sorte. J'ouvre le livre pour me donner une contenance. La première page affiche les lettres de l'alphabet sous différents graphismes, en majuscules et en minuscules. La deuxième est vierge. La troisième aussi. Qu'est-ce que c'est que ce bouquin ? Je feuillette les autres pages. Toutes sont blanches, immaculées. Mal à l'aise, je lève les yeux vers la femme. Elle discute, à voix basse, avec un homme aux cheveux gris, le visage mangé par une longue barbe, au regard bienveillant. Trop bienveillant.

L'homme s'approche de moi :

— Vous semblez surprise... Vous imaginez que l'on vous fait une farce ?

— Il n'y a rien dans ce livre...

— Rien ? Vous m'étonnez.

— ...sauf l'alphabet.

— Il y a donc l'essentiel.

Ce mot me pince le cœur. Longtemps, petite fille, j'ai cru à l'existence des cent ciels, persuadée que l'un d'eux m'était destiné. Quand j'ai compris que le décompte s'arrêtait au septième, l'impression de tromperie a fortifié la méfiance que m'inspiraient les phrases toutes faites. Aujourd'hui encore, ouvrir un livre relève de l'héroïsme combiné à une bonne dose d'imprudence.

Je répliquerais bien que l'essentiel est un leurre dont on se contente, faute de mieux, mais je suis trop lasse. Je réponds sans grand enthousiasme.

— C'est une façon de voir les choses.

Il sourit, lui aussi, de la même grimace compassée

que la libraire.

— Les lettres dorment, à l'heure qu'il est. Soyez patiente.

Je me retiens pour ne pas éclater de rire. La femme nous rejoint :

— L'orage s'éloigne. La vie peut reprendre son cours. Si on le souhaite, bien sûr.

J'entends la remarque comme une invitation à partir. Je ne me fais pas prier. J'étouffe, ici. La libraire m'accompagne jusqu'à la porte.

— Vous pouvez emporter le livre. Les lettres de l'alphabet sont plutôt noctambules. Elles remplissent les pages quand tout le monde dort...

Elle ajoute, sur un ton grave : ...sauf en cas d'urgence.

Je ne relève pas. L'ésotérisme n'est pas mon fort, le fantastique non plus. J'ai choisi de travailler dans la comptabilité pour satisfaire mon besoin de vivre dans le concret, le factuel, hors des élucubrations et autres extravagances saugrenues. *Au ras des pâquerettes,* résume Benoît pour me taquiner. Je range le bouquin dans mon sac avec la ferme intention de m'en débarrasser.

J'aperçois une poubelle sur le trottoir d'en face. Au moment de balancer le livre, une inscription apparaît sur la couverture : *ne me jette pas...* Qu'est-ce que c'est que ce truc ? Un tour de magie ? De l'encre sympathique qui devient visible quand l'air affiche un certain degré d'humidité ? Mon téléphone sonne.

— Juliette, c'est moi.

Je suis tentée de raccrocher. Hier, j'ai annoncé à Benoît que tout était fini entre nous. J'avais eu le temps d'y réfléchir pendant les huit jours passés sous ma couette, en position fœtale, à mon retour de l'hôpital. Le livre me glisse des doigts. Je le ramasse. Il s'ouvre sur une page. Je lis : *il faut qu'on parle...*

Benoît insiste :

— Il faut qu'on parle, Juliette. On ne peut pas se quitter comme ça. Après tout ce qu'on a vécu ensemble.

Le téléphone calé contre l'épaule, intriguée quand même, je parcours le livre. La plupart des feuillets se sont couverts de mots, de phrases. En voici une, au hasard : *c'est la faute de personne...*

— Ce n'est ni ta faute ni la mienne, poursuit Benoît. Personne n'est responsable. Dis-moi où tu es, Juliette, je viens te rejoindre. Je sais que tu souffres. Moi aussi, j'ai mal.

J'ouvre une autre page : *guérir la souffrance première...*

— Juliette, tu es là ? Réponds-moi, s'il te plaît.

La souffrance première. C'est dingue ce bouquin ! Un souvenir émerge avec peine. J'avais quel âge ? C'est si loin… Je raccroche. Je fourre le livre dans mon sac. Ça pulse dans mes tempes comme les coups de pied d'un môme furieux contre une porte fermée.

— Taxi !

La maison de ma mère est coincée entre deux constructions identiques, dans un lotissement édifié avant que l'autoroute vienne le border de vacarme et l'embrumer de gaz toxiques. Elle vit seule. Mon père est mort d'un arrêt cardiaque trois mois après que je les ai quittés. Il était en sursis depuis sa dernière crise. Devant sa tombe, alors qu'on descendait le cercueil, ma mère m'a murmuré à l'oreille : *il n'a pas supporté ton départ...*

Est-elle surprise de me voir débarquer sans prévenir ? Difficile de déceler une once d'émotion sur son visage lisse de poupée. Le temps, lui-même, a renoncé à y inscrire ses griffes. Elle me serre dans ses bras en prenant garde à sa mise en plis. Elle a changé de parfum, mais c'est aussi nauséeux.

— Ma petite. C'est terrible ce qu'il t'arrive. Je suis si triste pour toi et Benoît. Mais ça ne m'étonne pas. Le destin s'acharne contre nous. Je l'ai toujours dit. J'ai vécu la même chose, tu sais...

Je me dégage. Je la fixe sans ciller, sans parler, sans bouger. Elle semble troublée, dodeline de la tête, finit par demander de sa voix douce. Trop douce :

— Que se passe-t-il, Juliette ?

Je tourne dans la salle à manger comme une lionne en cage. Ma mère oscille entre inquiétude et curiosité. Je m'assois.

— Je te prépare un café ?

J'attends. J'ouvre le livre. Une page au hasard : *les enfants ne sont pas responsables...*

Je ne touche pas au café. Je suis une buveuse de thé. Elle le sait pourtant. Je vais à la cuisine. Je reviens avec une tasse dans laquelle trempe un sachet d'Earl Grey périmé depuis longtemps.

Je me lance :

— Maman, j'aimerais que tu me racontes comment les choses se sont passées pour toi.

— C'est si loin...

— J'ai besoin de savoir. Tu en as toujours parlé comme d'une catastrophe.

— Il n'existe pas de plus grande catastrophe que de perdre un enfant. Toi-même, tu l'éprouves, en ce moment.

Et la souffrance est intolérable après ma fausse-couche de la semaine dernière. Il m'est resté un trou plein de vide à la place du ventre.

Depuis la nuit des temps, on conseille aux femmes gestantes d'attendre la fin du premier trimestre pour annoncer leur grossesse. Pas superstitieuse pour un sou, j'avais patienté un mois de plus avant d'en informer ma mère. Ai-je été surprise par sa réaction ? Je ne sais plus.

— Enceinte ? Toi ?

— Moi, oui… Benoît est fou de joie. Et moi, je te dis pas…

Elle m'avait scrutée de la tête aux pieds.

— Tu es sûre ? Ça ne se voit pas…

— Certaine ! Mon gynéco, aussi. Tu veux voir l'échographie ?

— Et… tu…

Silence.

— Et tu... quoi ?

— Tu ne crains pas de perdre le bébé ?

J'étais restée en apnée, un long moment, sans prendre conscience de l'éponge qui gonflait dans ma gorge.

— Pourquoi est-ce que je le perdrais ?

Elle s'était détournée, avait lissé la nappe du bout des doigts.

— Parce que j'ai perdu un bébé après toi. Un petit garçon. Il était né trop tôt. Il n'a vécu que trois jours…

J'avais oublié. *Refoulé plutôt,* corrigerait Benoît.

Je m'étais cabrée :

— Et alors ? Ce n'est pas héréditaire, ni génétique, ni contagieux !

— Tu verras… Tu verras…
— Je verrai quoi ?

Elle avait haussé les épaules et s'était murée dans ce silence épais que je connais bien. Moyen radical de mettre fin à la conversation.

Ce bébé, Benoît et moi, nous l'attendions depuis des années. Je rêvais de lui, nuit et jour. Gynécologues, obstétriciens, psychologues, examens hormonaux, insémination artificielle, FIV, nous avions tout essayé. Et puis, nous avions renoncé. Nous étions d'accord pour recourir à l'adoption quand le test de grossesse a affiché son trait positif, confirmé par le gynéco, attesté par la première échographie.

Lorsque maman a appris la nouvelle de ma fausse-couche, elle a soupiré et entamé son refrain favori :

— Tu vois, ma fille, la vie n'est faite que de répétitions.

Hier, j'ai quitté la maison, Benoît et tous nos souvenirs, décidée à ne plus y retourner. J'ai marché droit devant moi, j'ai dormi dans un hôtel, et ce matin j'ai atterri dans la librairie.

J'en veux à Benoît. Nous avions dîné chez des amis. Il avait bu. Je conduis rarement, jamais la nuit. Il pleuvait. La lumière des phares m'éblouissait. J'ai perdu le contrôle de la voiture. J'ai perdu le bébé. Les médecins prétendent que ce serait arrivé de toute manière. L'accident a peut-être précipité les choses, mais ils ont découvert une malformation. L'enfant n'était pas viable.

Impossible de les croire ! Ils mentent, pour me ménager, pour apaiser ma douleur, pour que je pardonne à Benoît.

Devant ma mère, ma tasse de mauvais thé à la main,

je tourne autour du souvenir qui m'a amenée ici. Une scène ancienne, enterrée depuis longtemps, que quelques mots, apparus dans le livre de la libraire, ont exhumée. L'image se précise. Elle se dilate en moi comme un ballon au bord de l'explosion. Je suffoque. Les traits de ma mère se métamorphosent. La sorcière du Magicien d'Oz ricane sur son balai. Mes jambes tremblent. Je m'appuie au dossier de ma chaise. Ce n'est pas le moment de flancher. Je serre les dents, me racle la gorge, déglutis un soupçon de thé amer. Je dois aller jusqu'au bout. Je ne reconnais pas ma voix, rauque, rugueuse.

— Tu savais que je perdrais mon bébé. Tu me l'as dit. Comment pouvais-tu savoir ?

— Un pressentiment.

— Parce que c'était MON bébé ! C'est ça ?

J'ai crié sans m'en rendre compte. Le regard de ma mère brille d'une lumière paisible. J'y vois un mélange de pitié et d'ironie. Je bâillonne mon délire parano. Je prends le ton froid du flic qui interroge un suspect.

— J'avais quel âge quand tu as perdu le tien ?

— C'est si loin…

— Réponds-moi, s'il te plaît… et même si ça ne te plaît pas.

— Six ans.

— Tu te souviens des premiers mots que tu as prononcés en rentrant de la maternité ?

— C'est si loin…

— Je les avais oubliés. Ça m'est revenu tout à l'heure, en lisant un livre.

— Un livre ! Toi ? Première nouvelle !

Ma mère était prof de français. Moi, j'ai toujours détesté les livres.

— Je te revois, allongée sur le canapé. Tu refuses que je m'approche de toi. Tu pleures. Tu pointes le doigt vers moi : *c'est à cause de toi si mon bébé est mort, Juliette. Parce que tu n'as pas été sage.* Tu t'en souviens ? C'était pire que de recevoir un seau d'eau glacée sur la tête. Et je t'ai crue. Comment pouvais-je douter de tes paroles ? Tu étais ma mère. La personne que j'aimais le plus au monde. Mon modèle. Celle à qui je voulais ressembler, plus tard...

Elle s'agite sur son siège.

— Tu dis n'importe quoi, voyons...

D'un revers de main, je balance les tasses, la cafetière, le sucrier. Leur fracas sur le carrelage m'électrise. Je renverse ma chaise. L'envie de tout casser me submerge d'une force brutale, bestiale. Le livre s'ouvre sur une page : *les jouets ne sont pas responsables...*

Ce jour-là, avec la rigueur impitoyable du concasseur de pierres, j'avais réduit en miettes tous mes jouets. Je me souviens de Julia, ma poupée préférée. Je suis certaine qu'elle pleurait quand j'ai coupé ses cheveux, arraché ses bras, ses jambes, sa tête.

Mon bébé était une fille. Benoît avait accepté que nous la nommions Julia. Ça ressemble à Juliette. Il trouvait que c'était parfait.

Je donne un coup de pied sur la chaise de ma mère, un coup de poing sur la table. Des envies de meurtre me brouillent le cerveau. L'escalier me conduit dans ce qui fut ma chambre. Voilà plus de dix ans que je n'y suis pas retournée. Depuis ma rencontre avec Benoît.

La porte fermée m'intimide. L'impression de violer l'intimité d'un enfant me prend à la gorge. J'hésite. Mon cœur cogne contre mes côtes comme un animal en cage. J'entre sur la pointe des pieds. L'obscurité me repousse. Le silence pulse dans mes oreilles au rythme du métronome qui m'aidait à m'endormir les soirs où mes parents sortaient. Une odeur de poussière me monte au nez. J'éternue. J'ai toujours éternué dans cette chambre, dans cette maison. Allergie banale, avait diagnostiqué le médecin. Les éternuements ont cessé quand j'ai emménagé avec Benoît dans notre appartement. J'ouvre la fenêtre, les volets. L'orage s'est éloigné. La lumière inonde un espace nu, ridiculement exigu. Je tourne sur moi-même. Ni meubles, ni dessins aux murs, ni jouets, ni vêtements ne sont là pour témoigner qu'une petite fille a vécu dans cette pièce entre pleurs et rires, qu'une adolescente a rêvé d'un monde ouvert à tous les possibles. Ici, le vide étend sa crasse sur la moquette noirâtre. Je me roule en boule, par terre. Un autre souvenir surgit qui me fait bondir. Combien de temps le berceau est-il resté à côté de mon lit ? Une voix de petite fille en larmes ricoche autour de moi : *je veux pas que le bébé dorme dans ma chambre. Il va prendre toute la place.* C'est ça ne pas être sage ?

Je dégringole les marches à grand bruit. J'ai besoin que ça claque dans ma tête, que ça résonne dans mon ventre, que ça vibre dans mon squelette. J'ai envie d'éclabousser les murs de ma colère, de ma hargne, de ma douleur. Ne pas pleurer ! Surtout ne pas pleurer ! Ne pas lui donner cette joie !

Elle est assise, soudain vieille, le dos vouté, les traits affaissés, les lèvres tremblantes. Elle marmonne des mots que je préfère ignorer. Je récupère le livre, attrape mon sac, me dirige vers la porte, l'ouvre...

Je reviens vers elle. J'approche une chaise de la

sienne. Les larmes roulent sur ses joues, ses épaules tressautent. Je prends sa main, la pose sur mon front. C'est doux. C'est chaud. Je murmure, la gorge serrée.

— Nous avons chacune perdu un bébé, maman. Nous sommes quittes, maintenant.

Dehors, l'orage gronde à nouveau. Je tends mon visage brûlant à la pluie. L'eau me lave à grands coups de langue. Je me souviens de Lila, ma petite chienne. Elle a disparu après le retour de ma mère de la maternité.

Dans le taxi, je feuillette le livre avec fébrilité. Je traque la phrase qui anticipera la prochaine étape. Les pages sont muettes. J'éprouve un sentiment inconfortable où délivrance et frustration se mêlent comme la trame et les fils de chaîne d'une étoffe. L'idée me vient d'une nouvelle peau en devenir, plus protectrice. Plus douce, aussi ?

La voiture me dépose devant la librairie. Je ne reconnais pas le lieu. Les lumières sont plus vives. Des hommes, des femmes et des enfants sont assis autour des tables, la tête penchée sur un ouvrage. La même dame m'accueille.

— Je vous rapporte le livre.

Elle le parcourt. Les feuilles sont couvertes de signes. Elle me le tend, ouvert à la dernière page.

— Il y a encore quelque chose pour vous.

Je lis : *blessure cicatrisée...* J'entends : *mission terminée...* Je n'aime pas les fins, heureuses ou malheureuses. Elles sont toujours associées à la perte, au deuil. Une pointe fulgurante me traverse l'estomac. Je retiens mes larmes. Qu'est-ce qu'il m'arrive ? Parce que ce foutu livre m'a laissée tomber ? Qu'il a cessé de me parler ? Je me souviens d'une petite fille en pleurs, égarée parmi la foule d'un grand boulevard. Ma main avait glissé de celle de maman sans qu'elle s'en rende compte. Des inconnus m'avaient ramenée à la maison.

La libraire m'adresse un sourire de connivence qui me fait frissonner.

— Vous voyez, tout finit par arriver.

Je secoue la tête. C'est le genre de propos que pourrait vendre une diseuse de bonne (ou mauvaise) aventure. Mais je ne voudrais pas contrarier cette femme, ravie d'avoir accompli sa bonne action du jour. Je pourrais partir, mais une phrase me brûle les lèvres. Une question, sans doute stupide, que je regretterais de ne pas avoir posée. Chassez le rationnel, il revient au galop.

— Une chose m'intrigue… ce livre… qu'est-ce que c'est ? Comment ça marche ? Il est doté d'un programme, un logiciel, une IA ?

— IA ?

— Excusez-moi. Intelligence artificielle…

Elle me dévisage avec l'attention que l'on porte aux êtres dont le cerveau recèle quelques cases vides que la nature a jugé inutile de remplir. Sa voix, ferme et conciliante, à la fois, sonne comme celle d'une maîtresse d'école.

— Si c'était artificiel, vous vous en seriez aperçu.

— C'est très troublant… tout était si juste. Comment est-ce possible ?

Elle ferme le livre et me fixe un long moment.

— Si je connaissais la réponse, je vous en ferais part, volontiers. Mais je l'imagine d'une telle complexité que j'évite de m'interroger. Vous voyez ce que je veux dire ?

Non ! Je ne vois pas. Elle ne semble pas s'en

soucier. Elle hoche la tête d'un air satisfait et s'éloigne. Elle s'assoit sous une lampe et commence à lire. Je n'ai plus qu'à m'en aller.

En m'apercevant, l'homme de ce matin descend d'une échelle adossée à un mur de livre. Il me fait signe de l'attendre. Il regarde un moment par-dessus l'épaule de la femme, montre un passage du bout du doigt en lissant sa barbe. Elle sourit et lui caresse la main.

Il vient vers moi. Cette fois, son allure bienveillante ne me rebute pas.

— Vous avez aimé ?

— Euh… difficile à dire. Je ne sais pas trop quoi en penser.

— Penser n'est pas important si l'action ne suit pas. Vous comprenez ?

J'ai l'impression d'entendre Benoît : *pour penser, tu penses, Juliette, mais ça ne suffit pas. Heureusement que je suis là pour agir.*

Je tente ma chance avec le barbu.

— J'ai déjà demandé à la dame… mais…

— Vous voulez savoir comment ça marche ?

— C'est ça…

Il me prend par le bras et m'entraîne au-dehors. L'air est humide. Des gouttes de pluie suintent des arbres. Il sort une pipe de la poche de son veston, la bourre d'un geste précieux en jetant un œil vers les nuages cotonneux.

— L'orage s'est calmé. Il doit être épuisé à force de gronder et de gaspiller son énergie à balancer des éclairs à tout va. Avec un peu de chance, nous aurons droit à un bel arc-en-ciel. Mais rien n'est moins sûr. Ce genre de prouesse ne s'exécute pas sur commande.

Je me fous de l'arc-en-ciel ! Ça doit se voir sur mon

visage. Il allume sa pipe par à-coups. Les brins de tabac grésillent en répandant une senteur florale.

— Ce n'est pas votre préoccupation principale, je comprends. Revenons au livre. En fait, j'ai peu de choses à vous apprendre. Il était déjà là quand nous nous sommes installés dans la librairie. L'ancien propriétaire avait laissé quelques ouvrages, la plupart en mauvais état. En les triant, Martha, ma compagne, a déniché celui-là. Nous avions d'abord pensé que c'était un cahier d'écriture de prestige, compte tenu de la qualité de la couverture et du papier.

Il s'interrompt, le temps d'aspirer une bouffée de sa pipe et de suivre des yeux les volutes de fumée s'éparpiller dans l'air.

— C'est à moi que le livre a parlé en premier. C'était une journée comme aujourd'hui, pleine d'éclairs et de tonnerre. J'ai d'ailleurs constaté que l'orage favorise la connexion.

La connexion ! Mais ce n'est qu'un livre, bordel ! Faut que je me calme. Quand je commence à être grossière, c'est que ça va mal. Mais quand même, c'est rien qu'un bouquin que personne ne s'est donné la peine d'écrire, non ? Un livre qui s'écrit tout seul, genre *self-made book* ?... Pourquoi pas ? On peut tout faire avec l'informatique ! Les robots écrivent, dessinent, peignent, composent de la musique, servent le thé, gardent les enfants, font la conversation aux Alzheimers... Bientôt, on commandera un gosse directement sur le site de l'utérus artificiel. Amazon le livrera, par drone, et le déposera dans son berceau. Sale temps pour les cigognes !

L'homme mordille le tuyau de sa pipe, comme s'il attendait que je termine ma causerie interne. Il poursuit :

— Et, chose étrange, il ne s'est jamais adressé à Martha. Sans doute parce qu'elle en sait autant que lui. Martha est pleine de secrets, mais c'est une autre histoire. Depuis, il repère les personnes qui crient au secours en entrant dans la librairie…

Je sursaute.

— J'étais entrée pour m'abriter de l'orage. Je ne criais pas…

— Vous ne pouviez pas le percevoir. Personne ne l'aurait pu, d'ailleurs.

— Sauf Martha, peut-être ?

Je regrette ce mouvement d'humeur ironique. Il ne s'en émeut pas.

— Il faudrait le lui demander. Donc, quand le livre vous a vue entrer…

Je sursaute, encore.

— Il m'a vue ?

— J'essaye d'employer des mots autant que possible compréhensibles. J'admets que le verbe *voir* n'est pas le plus approprié, mais c'est le plus proche de ce que j'imagine.

— D'accord, d'accord… le livre me voit, et… ?

Il tire une longue bouffée de sa pipe et laisse la fumée sortir en arabesques d'entre ses lèvres.

— Ce qui se passe après, je le tiens de Martha. Elle sent que le livre l'appelle. Elle va le chercher et le donne à la personne en souffrance. Voilà. Je n'en sais pas plus.

Cette explication ne me convainc pas. Je lui lance un regard courroucé ou suppliant. Les deux à la fois, peut-être.

— Et… vous êtes certain qu'il n'y a pas un truc…?

— Un truc ? Sûrement… Lequel ? J'ai cessé de m'interroger.

Je ne suis pas plus avancée. Après un signe de tête qui vaut remerciement ou quelque chose d'approchant, je me retourne pour m'en aller. Je n'ai pas le temps de faire un pas. Martha nous rejoint, un peu essoufflée.

— Attendez, madame Marek.

Comment connaît-elle mon nom ? Elle me tend un livre. Semblable au précédent, la légèreté en plus. Une aile de papillon aurait moins de poids. Un mot apparaît sur la couverture : *journal*…

J'ai horreur des journaux intimes. J'ai toujours refusé de suivre l'exemple de mes copines de classe qui se répandaient sur des cahiers, prétendument secrets, auxquels tout le monde avait accès. La curiosité l'emporte. Je le feuillette. Bien entendu, toutes les pages sont vierges ! Qu'est-ce que je vais faire de ce bouquin ?

Martha lit dans mes pensées.

— Vous vous demandez à quoi va vous servir ce livre ?

Ma réponse claque, plus sèche que je n'aurais voulu.

— Je croyais que c'était fini. *Blessure cicatrisée… mission terminée…*

L'homme intervient.

— La fin annonce toujours un commencement. Ce livre ne vous est pas destiné.

Allons bon ! J'entends Benoît dégainer une autre de ses citations : *le mystère c'est comme la crème, plus c'est épais, meilleur c'est !* Je déteste la crème et tout ce qui a le goût du lait !

— Je dois le remettre à quelqu'un ?

— La réponse se trouve sur la première page.

Je vois une phrase en train de s'écrire. Les lettres dansent devant mes yeux. Elles s'assemblent, forment des mots. J'ai de la peine à les déchiffrer : *ce journal appartient à...*

Je lève la tête. J'accroche mon regard à ceux de Martha et de son compagnon comme à une bouée de sauvetage. D'un clignement de paupières, ils m'encouragent à poursuivre.

Ce journal appartient à Julia... Julia !?

Je bégaye :

— Mais... Mais...

D'autres mots apparaissent. Je manque tomber. L'homme me retient d'une main ferme. La femme me sourit d'un air pincé. Je la déçois, peut-être.

...née le 22 septembre 2023...

Les mots s'emmêlent dans ma bouche.

— Mais... c'est...

Je voulais dire : *impossible !* L'homme me devance. Il énonce sur un ton définitif.

— ...dans un peu plus de neuf mois,

— Une très belle date pour venir au monde, ajoute Martha.

Je bannis toute tentative de rationalisation. Je suis en train de rêver. Je suis sous hypnose profonde et on me mène par le bout du nez. Pourtant, les mots qui sortent de ma bouche sont d'une naïveté absolue.

— Ah bon ? Pourquoi ?

— Ce sera l'équinoxe d'automne. La durée de la nuit égalera celle du jour. Seul moment, avec l'équinoxe de printemps, où le monde est en équilibre parfait. Voilà votre taxi.

Je me retourne. Une voiture vient se ranger le long du trottoir. Je constate que la fonction *stupéfaction* est désactivée dans mon cerveau. Martha et son compagnon ont disparu à l'intérieur de la librairie. J'aperçois leurs silhouettes à travers la porte vitrée. Ils sont assis, l'un contre l'autre, en train de lire. J'ose imaginer qu'il s'agit de mon livre. Cette pensée, ridicule, me fait chaud au cœur.

Un éclair silencieux zigzague dans le ciel au moment où je ferme la portière de la voiture. Une pluie fine décore le pare-brise d'une multitude de perles. D'un mouvement régulier, les essuie-glaces les chassent, à droite, à gauche... au même rythme que le métronome de mon enfance. Bercement... Balancement... La devanture de la librairie s'éloigne et disparaît. Je serre très fort le journal de Julia. Les larmes débordent. Je cherche un mouchoir dans mon sac. Soudain, l'angoisse me tord les tripes. Prise de fièvre, je téléphone. Répondeur. Je rappelle... Occupé ! Un battement par seconde. Je rappelle. Ça sonne… *(décroche… s'il te plaît… décroche…)*

— Oui ?...
— Benoît ! Bouge pas ! Attends-moi ! J'arrive !

Carton d'anniversaire

Le colis vient d'être livré, en avance sur l'heure prévue. Un gros carton marron, orné de code-barres, d'étiquettes et de logos, que le facteur a déposé devant le portail. Un paquet bien léger pour un tel volume.

La veille, j'avais reçu un texto de Louise, mon ex. *Je t'envoie un cadeau pour ton anniversaire. J'espère qu'il te plaira.* Voilà cinq ans que nous sommes séparés. Louise est une obsessionnelle des anniversaires. *Célébrer la naissance jusqu'à l'heure de la mort* est un mantra qu'elle applique à toutes ses connaissances.

Je m'arme d'un cutter et commence à dépecer l'emballage. Je défais le papier kraft qui enveloppe le tout d'une solide uniformité brune. Le carton apparaît, lisse, propre, vierge de toute inscription, les jointures scellées par une large bande d'adhésif transparent. Impossible de deviner son contenu. C'est un des plaisirs de Louise. Offrir un objet que l'on n'a pas demandé et laisser le bénéficiaire dans l'ignorance jusqu'à sa découverte.

Hier, à la réception du message, un malaise mal défini m'a envahi. Louise a des idées très affirmées sur les goûts supposés de chacun. Quand elle choisit un cadeau, elle le fait avec la certitude qu'il correspond au désir de la personne à qui elle le destine. Le pire, c'est qu'elle ne se trompe jamais. Et l'effet de surprise est garanti.

— Ça alors ! C'est tout à fait ce que je souhaitais. Comment l'as-tu appris ?

Et Louise de répondre avec une modestie confondante :

— Je suis une sorcière, voilà tout. Rien ne m'échappe. Je sais tout.

À coups de cutter, je taille dans le papier collant qui bâillonne les lèvres des rabats. Que peut bien renfermer ce gros carton ? L'année de notre séparation, Louise m'avait envoyé une cuiller à miel, en bois de buis, nichée dans un étui décoré d'abeilles et de fleurs de lavandes. J'avais apprécié l'attention. D'autant que je m'apprêtais à en acheter une. Le miel est mon péché gourmand.

L'année suivante, j'avais reçu une boîte blanche ornée d'un point d'interrogation rouge. À l'intérieur m'attendait une théière en porcelaine, enveloppée dans du papier bulle. Louise sait que je suis un buveur de thé invétéré. Là encore, le cadeau tombait à pic. Par une étrange coïncidence, ma théière préférée s'était fracassée sur le carrelage, la veille, à la suite d'un geste maladroit de ma part. Celle que m'a envoyée Louise est une « égoïste », un ensemble composé d'une soucoupe, d'une tasse et d'une théière. Elle est décorée d'un hérisson couché dans un hamac. Le message était clair. *Tu ne t'intéresses qu'à toi et tu te hérisses dès qu'on t'approche !* Notre couple n'a pas résisté à ces accusations quotidiennes et, je l'affirme, infondées.

L'année d'après, ce fut un paquet de cigarettes qui contenait une seule et unique cigarette. Je fumais beaucoup avant de rencontrer Louise. *Tu dois choisir, c'est moi ou la clope !* Louise utilisait, parfois, un langage trivial qui ajoutait à son personnage une pointe d'étrangeté qui n'était pas dénuée de charme. J'ai fumé ma dernière sèche, comme un ado rebelle, caché derrière un arbre dans un jardin public, dans un quartier inconnu. J'avoue que la menace de Louise m'a été salutaire. D'après mon médecin, le cancer du poumon était en embuscade et risquait de passer à l'attaque. Je me suis interrogé sur le sens de ce cadeau. Louise avait-elle perçu ma faiblesse, plus grande de jour en jour, devant les réclames pour le tabac qui se vantaient de narguer la mort ? Avait-elle remarqué, en sorcière capable de traverser les murs (disait-elle), que je prenais soin de ne pas écraser les mégots quand ils croisaient ma route sur un trottoir ? Était-ce une tentative (je n'ose envisager une quelconque perversité de sa part) de me faire replonger et d'en finir avec moi en me jetant dans les bras du cancérologue de service ? J'éloignai la cigarette de ma vue.

L'année dernière, je découvris, dans une petite boîte horizontale, un objet qui me hérissa les poils. Et pour cause ! À ce jour, je refuse d'y toucher. Un rasoir à l'ancienne. Un véritable coupe-chou. La lame aiguisée pourrait, sans peine, fendre un dictionnaire. Pourquoi un dictionnaire ? C'est la première image qui m'est venue à l'esprit. *Je suis un dictionnaire ambulant* se vantait Louise pour qui la modestie est un vilain défaut. J'imaginais un bouquin rempli de multiples définitions que je décapitais d'un simple coup de sabre comme on tranche une tête inutile. *Tu n'as rien dans la tête*, me répétait Louise en s'esclaffant. *Tu devrais t'en débarrasser, tu respirerais mieux.*

Même si rien ne me surprend venant de Louise, j'avoue avoir senti mon cœur ruer contre mes côtes en découvrant le rasoir. Je porte la barbe depuis que je l'ai rencontrée. Son père et son frère sont barbus. Que je ne le sois pas était inconcevable. *Tu dois choisir, c'est le faucheur de poils ou moi !* Le rasoir, en guise de cadeau d'anniversaire, signifiait-il que je pouvais retrouver la peau nue de mon visage si je le souhaitais ? Signait-il notre séparation de façon irrémédiable ? J'optai, par paresse, pour les deux interprétations.

Je me suis habitué à la barbe. Féru d'esthétisme, je l'entretiens, deux fois par semaine, en un collier symétrique, relié à une fine moustache, qui ajoute un je ne sais quoi de singulier à mes traits, affligés, sans conteste, d'une profonde banalité.

Cette année, le colis est de grande taille. Que peut-il bien cacher après la cuiller à miel, la théière, la cigarette, le rasoir ? J'essaye de deviner. Dans mon souvenir, Louise ne laissait aucune chance au hasard. Ses actions étaient programmées et exécutées selon une planification rigoureuse. Le choix de ces cadeaux devait avoir une signification. *Tout a un sens ! Et le sens latent est plus important que le sens manifeste !* clamait Louise les jours de grand énervement.

Ces objets, envoyés au fil des ans, représenteraient-ils un rébus à déchiffrer ? Celui d'aujourd'hui désignerait-il la pièce finale qui éclairerait les précédentes ? La question est légitime. Un présent par année de séparation. Celui-ci devrait donc être le dernier.

Je ne sais pourquoi, mon malaise s'accentue. J'imagine quelque chose de terrifiant qui me sautera au visage quand j'ouvrirai le carton. Voilà une drôle d'idée. Louise est incapable de faire du mal à une mouche. Et puis, nous nous sommes aimés. Nous avons vécu ensemble. Nous avons même failli avoir un enfant. Elle était folle de joie en apprenant sa grossesse. Moi, je ne me sentais ni l'âme ni la fibre paternelle. Je l'ai conduite à l'hôpital. Et nous n'en avons plus jamais reparlé.

Récapitulons. Le thé, arrosé de quelques gouttes de miel, accompagné d'une cigarette… jusque-là, ça se tient. Saisir la signification du rasoir se révèle plus compliqué. Louise n'aimait pas mon visage glabre. Elle avait besoin de se frotter aux poils touffus qui mettaient, disait-elle, ma bouche et mes yeux en valeur et donnait une allure plus conquérante à mon nez. Par contraste, j'imagine. Est-ce sa façon de faire (enfin) le deuil de notre histoire ? Cette interprétation me convient. Je l'adopte.

Ce carton contiendrait-il une lotion après-rasage ? Louise est dotée d'un sens surnuméraire qui en fait une super voyante extra-lucide. Elle sait que je tiens à ma barbe. Elle sait aussi que je n'ai pas touché à la cigarette. Je me perds en conjectures inutiles. Stop à la tergiversation ! Je me décide. J'écarte les rabats. Je tombe sur un autre carton. Protection renforcée, me dis-je. L'objet doit être fragile pour nécessiter un double emballage. Je taille à nouveau dans le papier adhésif. J'ouvre. Et je sens mon cœur accélérer à la vue d'un troisième carton. Un post-it bleu est collé sur le dessus. Je préfère les jaunes. Plus visibles. Louise utilise les bleus, couleur froide assortie à son tempérament. Je reconnais son écriture. Petite, serrée, pointue. Quatre mots : *encore un effort, Maxime…*

J'aime mieux qu'on m'appelle Max. Tous mes amis

m'appellent Max. Louise n'a jamais pu s'y résoudre, sous prétexte que la fonction des diminutifs consiste à diminuer la personne en supprimant une partie de son prénom, gage de son authenticité. Elle refusait que je l'appelle Lou. Quand je lui disais qu'Apollinaire a écrit les plus belles lettres d'amour de la littérature française pour Lou, son amante, elle me lançait : *tu te prends pour un poète, en plus ?* En plus de quoi ? Je ne l'ai jamais su. Louise se caractérise par un éternel mécontentement. Je ne compte pas l'énergie déployée pendant les années où nous avons vécu ensemble. Les compromis que j'ai acceptés, frisant les compromissions. En pure perte. Pour Louise, faire des efforts signifie en baver, se sacrifier, se saigner pour lui faire plaisir, et, pourquoi pas, mourir pour elle…

Un jour, le cœur oppressé, je lui ai annoncé :

— Louise, on ne peut plus continuer ainsi…

Sa réponse, cinglante, reste fichée en moi comme la pointe d'une flèche trempée dans le curare.

— Continuer quoi ? Il n'y a jamais rien eu entre nous que de l'ennui et du dégout. Fiche le camp !

Elle m'avait poussé sur le palier et claqué la porte au nez. Je crois que c'est la meilleure décision que j'aie prise dans ma vie.

J'ouvre le troisième carton avec un sentiment de crainte. J'appréhende de découvrir son contenu. Mais je suis curieux de nature. Vous devinez sûrement ce qui se cache à l'intérieur ? Gagné ! Un autre carton ! Le quatrième. Posés sur la table, j'ai l'impression de voir les quatre frères Dalton, alignés, côte à côte, sur le modèle des poupées russes.

Louise joue à l'objet mystérieux. Nous nous y risquions, parfois, le dimanche. Chacun dissimulait un objet dans la maison. Celui qui le trouvait le premier avait le choix de la position amoureuse. Avec Louise, les surprises étaient rares, voire inexistantes. Son exigence principale portait sur l'accomplissement de l'acte qui devait être bref et silencieux. Quant à mes propositions, elle les considérait comme de la basse pornographie, et, si elle s'y pliait, c'était avec la bonne conscience du joueur honnête qui se fait un devoir de respecter les règles du jeu, à son corps défendant.

Le carton est petit, mais je suis certain que c'est le dernier. Cinq ans de vie commune, autant de boîtes. Fin de l'histoire. Mes mains sont moites. Mes poumons se figent sur le mode apnée. J'ouvre. Il est vide. C'est impossible. Je ne peux pas croire que toute cette mise en scène ne vise qu'à me placer en face de la vacuité de mon existence. J'allume la torche de mon portable. Je balaye l'intérieur du carton d'un faisceau de lumière blanche, aveuglante. Un papier dépasse sous les rabats du fond. Une minuscule enveloppe de la même couleur que l'emballage. Je la pose devant moi et j'attends. Quoi ? Le courage de l'ouvrir.

Je finis par la décacheter. J'en sors une petite photo. Mon sang se glace. Ma main tremble. C'est moi. La gorge tranchée. C'est un montage, mais je lâche la photo comme si elle enflammait mes doigts.

Tout a un sens ! Boire un thé (ma boisson favorite) en égoïste, l'adoucir de quelques gouttes de miel (en prévision de ce qui m'attend), fumer la dernière cigarette (du condamné), empoigner le rasoir... et...

Désolé Louise, je ne marche pas !

Je replace la photo dans l'enveloppe, l'enveloppe dans le carton, le carton dans le carton précédent et ainsi de suite jusqu'au carton le plus grand. Je ferme les rabats à l'aide d'un ruban adhésif noir, en tissu armé de métal. Solide. Indéchirable. Celui qu'on utilise pour les colis encombrants ou dangereux. À coups de feutre rageur, je barre mon nom et mon adresse et j'écris en lettres capitales : RETOUR À L'ENVOYEUR. Je pose le carton derrière le portail. Une case à cliquer sur Internet et le facteur le récupérera demain.

Je rentre à la maison d'un pas résolu. Un silence inhabituel enveloppe le jardin. Plus de chants d'oiseaux ni de froissement des branches dans les arbres. La cascade chute sans bruit dans le bassin. Les cigales se sont tues. Le gravier ne crisse plus sous mes souliers. Seule la pulsation sourde de mon cœur résonne dans mes oreilles.

Je programme la bouilloire à une température de soixante-dix degrés, verse l'eau fumante sur les feuilles de thé vert dans la théière égoïste. Je patiente les trois minutes recommandées pour une infusion parfaite et remplis la tasse du breuvage doré que j'arrose de quelques gouttes de miel. Au moment où je le porte à mes lèvres, j'aperçois la cigarette à côté de la théière. Je ne me rappelle pas l'avoir sortie du tiroir ni déposée sur la table. Qu'importe ! Boire du thé relève d'un rituel que rien ne doit perturber. J'avale une gorgée. Je manque m'étouffer. Je crache, je suffoque, le gosier enflammé par la fumée qui jaillit des extrémités de la cigarette. Je ne l'ai pourtant pas allumée. Enfin, je ne m'en souviens pas. D'épaisses volutes grises, hypnotiques, tournent autour de moi, se répandent dans l'espace, s'infiltrent dans les moindres interstices. Je gagne à tâtons la fenêtre qui semble avoir reculé de plusieurs mètres. Impossible de l'ouvrir. Une ombre flotte dans l'atmosphère brumeuse et se rapproche de moi. Le rasoir ! Je ne crois en rien et encore moins à la sorcellerie. Je me précipite, une main tendue, l'autre sur mon cou pour le protéger. Je parviens à saisir le manche qui vibre à la manière d'une corde de piano échevelée. Je lutte pour l'éloigner de moi. Il m'entraîne. Je résiste. En vain. Je sens mon bras descendre. Le rasoir s'approche de ma gorge dans un grondement assourdissant de fauve affamé. Ma main, autonome, obéit à une force incontrôlable. Dans un geste rageur, effectué hors de ma volonté, le tranchant s'abat sur la cigarette qui s'effiloche, puis sur la théière qui vole en éclats, puis sur le pot du miel qui éclabousse les murs d'une purée dorée.

La vibration cesse aussitôt. Le silence me perce les tympans. Je réussis à desserrer mes doigts engourdis, le rasoir tombe, la lame se casse, le manche se fracture. La fenêtre s'ouvre. Je m'affale au milieu des débris. Essoufflé, le front moite, le cœur affolé. Je tâte ma gorge, mes joues en feu, ma barbe hérissée. La sonnerie du téléphone me secoue. Au bout d'une éternité, je parviens à me lever. Un message m'attend. Un texto de Louise : *Aujourd'hui, c'était juste un avertissement. Au prochain coup, je te saigne, où que tu sois ! Tu auras droit au max, Maxime !*

Signé : *Lou(ve) en colère.*

Changer l'histoire

C'était un matin d'automne ordinaire. Dans le parc, les arbres, la pelouse, les fleurs et les statues scintillaient de gouttes de rosée. Un vent léger faisait danser les feuilles mortes dans les allées. Quelques personnes se promenaient, certaines précédées de leurs chiens tenus en laisse. D'autres, assises sur des bancs, avaient le nez plongé dans un journal ou rêvassaient en regardant passer les voitures sur la chaussée qui bordait le jardin. Un homme, avachi sur un banc, dormait, les mains serrées sur la poignée d'une sacoche en cuir noir posée sur ses genoux. Une femme s'approcha, le fixa d'un air embarrassé et marcha de long en large devant lui, d'un pas indécis. Au bout d'un moment, n'y tenant plus, elle se pencha et lui parla. L'homme ouvrit brusquement des yeux hagards. Ses doigts se crispèrent sur la sacoche. Le cœur battant, il jeta un regard méfiant autour de lui. La présence de la statue du poète Schiller, qui s'élevait un peu plus loin, le rassura. Il se trouvait bien au bon endroit. La femme s'enhardit et répéta sa question. Une secousse parcourut l'homme. Qui était cette vieille dame, penchée sur lui, emmitouflée dans un manteau noir ? Que lui voulait-elle ?

— Excusez-moi, articula-t-il avec peine, la bouche

pâteuse, vous avez dit quelque chose ?

— Je vous demandais si la place à côté de vous était libre.

L'homme réfléchit comme si l'interrogation le désarçonnait. A-t-on envoyé cette mamie, en apparence inoffensive, pour l'espionner ?

— J'ai l'habitude de m'asseoir sur ce banc, expliqua la femme.

L'homme se décala vers l'extrémité du siège.

— Oui, bien sûr. Je vous en prie.

La femme s'installa, ajusta son bonnet de laine grise d'où s'échappaient des boucles de cheveux blancs, et sortit une bouteille isotherme de son sac. Elle dévissa le couvercle en forme de tasse et le remplit. Une odeur de café embauma l'atmosphère.

— J'espère que je ne vous dérange pas. D'habitude, ce siège est libre lorsque j'arrive.

L'homme hocha la tête et balaya des yeux le paysage autour de lui. Son regard s'arrêta sur le bâtiment érigé de l'autre côté de la rue, face à lui. Le banc, sur lequel il s'était réveillé, n'avait pas été choisi au hasard. On ne pouvait rêver meilleur emplacement pour surveiller l'édifice. Il contempla la façade, de style italien, ornée de sculptures antiques et de six colonnes doriques. Deux statues de centaures encadraient un escalier majestueux qui menait à la porte d'entrée. Il avait passé de longues heures à étudier l'architecture externe et interne du monument pour être prêt à toute éventualité.

La femme se tourna vers lui, le regard pétillant derrière ses lunettes.

— Je vois que vous admirez notre Académie.

L'homme resta sur ses gardes. Mieux valait jouer

l'ignorant.

— L'Académie… ?

— Vous n'êtes pas d'ici. Je l'ai compris tout de suite. Et vous avez un petit accent. Charmant d'ailleurs. Vous avez devant vous l'Académie des Beaux-Arts. J'y travaillais avant de prendre ma retraite. Depuis, je viens boire mon premier café de la journée, sur ce banc, tous les matins. C'est le meilleur point de vue sur ce joyau de notre ville, qui en compte d'autres, bien sûr, mais j'ai un faible pour celui-là.

— Je comprends.

— Magnifique, ne trouvez-vous pas ? J'y ai passé quarante années de ma vie, et j'en ai vu défiler des artistes en herbe, certains très doués. Beaucoup sont célèbres aujourd'hui.

L'homme tritura la poignée de sa sacoche. Quand on joue l'ignorant, la prudence recommande de poursuivre sur cette voie.

— Excusez ma question… Des Académies des Beaux-Arts existent dans de nombreux pays. Dans quelle ville sommes-nous, précisément ?

La femme l'observa sans qu'aucun muscle ne tressaille sur son visage fané. Elle prit le temps d'avaler une gorgée de café.

— Nous sommes à Vienne, monsieur.

— Vienne… En Autriche ?

— Tout à fait, monsieur.

— Une ville porte le même nom en France, mais nous sommes bien en Autriche, n'est-ce pas ?

— Tout à fait, monsieur. Nous devons ce magnifique monument à l'empereur François-Joseph qui le fit construire entre 1872 et 1876. Un record de vitesse pour cette merveille ! Enfin, c'est mon avis.

— Et je le partage, madame, je le partage.

La femme avala une autre gorgée de café. L'homme hésita un instant, puis demanda.

— Je crois m'être endormi tout à l'heure. Savez-vous depuis combien de temps je suis assis sur ce banc ?

La femme dévisagea l'homme avec attention et un brin de compassion. Cet étranger ne ressemblait pas à un clochard. Il paraissait perdu ou pas tout à fait réveillé. Elle répondit d'une voix apaisante.

— Je l'ignore, monsieur, vous étiez déjà là quand je suis arrivée.

L'homme hocha la tête d'un air grave. Il consulta sa montre, grimaça, secoua son poignet.

— Ma montre s'est arrêtée. Elle n'a pas supporté le voyage. Avez-vous l'heure s'il vous plaît ?

— Écoutez, dit la femme, un index dressé à la verticale.

On entendit une cloche sonner.

— C'est le clocher de l'église Saint-Charles. Le son parvient jusqu'ici dès que le vent souffle, comme aujourd'hui. Il est tout juste huit heures.

L'homme mit sa montre à l'heure, observa les aiguilles d'un œil inquiet et finit par pousser un soupir de satisfaction.

— Elle marche à nouveau. Une chance. Sinon, je serais bien en peine pour rentrer chez moi.

Ces derniers mots rassurèrent la femme. L'homme n'était donc pas à la rue. Elle termina son café, rangea la bouteille dans son sac, rajusta son bonnet et se leva.

— Je vais à la messe, comme tous les matins, pour chanter. Je fais partie de la chorale. Tout le monde s'essaye à la musique à Vienne. Sans doute l'influence de Mozart, ajouta-t-elle en souriant.

L'homme lui rendit son sourire. Il s'était inquiété inutilement. Sa main amorça un mouvement, comme pour retenir la vieille dame.

— Savez-vous à quelle heure ouvre l'Académie ?

— À neuf heures. Vous projetiez de la visiter ?

L'homme hésita. On lui avait recommandé de ne pas se faire remarquer. Mais ce serait suspect s'il ne répondait pas.

— J'en avais l'intention…

La femme secoua la tête.

— Hélas, ce ne sera pas possible aujourd'hui.

Une alarme sonna dans le crâne de l'homme.

— Pas possible ? Comment ça, pas possible ?

— La journée est consacrée aux épreuves de l'examen d'entrée.

L'homme se redressa d'un bond. La femme, effrayée, recula d'un pas. L'homme la saisit par un bras et gronda en essayant de maîtriser l'agitation qui bousculait son cœur contre ses côtes :

— Vous devez vous tromper. L'examen doit se tenir demain. Je le sais.

La femme émit un faible gémissement. Ses lèvres tremblaient. Elle murmura d'une voix éteinte.

— On l'a avancé de vingt-quatre heures. J'ignore pourquoi. Lâchez-moi, s'il vous plaît, vous me faites mal.

L'homme desserra son étreinte sur le bras fluet de la vieille dame.

— Excusez-moi, je me suis emporté comme un gamin. Je me faisais une telle joie de visiter l'Académie aujourd'hui. Demain, je ne serais plus là. Savez-vous à quelle heure débutent les épreuves ?

— À 9 h 30, bredouilla la femme. Puis, d'une voix plus affirmée, elle ajouta : regardez, les étudiants commencent à arriver.

Devant l'escalier de l'Académie, quelques silhouettes se profilaient déjà. La plupart portaient un grand carton à dessin. D'autres, sur le trottoir, s'empressaient de les rejoindre.

La femme en profita pour s'éloigner à petits pas rapides, son sac à la main, toute menue dans son manteau. L'homme regrettait de l'avoir effrayée. L'image de ses parents lui vint en mémoire. Il chassa cette image trop douloureuse. L'urgence était ailleurs. Il devait revoir ses plans. L'Académie ouvrirait ses portes dans moins d'une heure. Il bouillonnait de fièvre à l'idée de devoir attendre. Il voulait agir, maintenant, tout de suite ! La modification de la date de l'examen avait dû parvenir en haut lieu, pendant qu'il dormait. Le minuteur l'avait enregistrée automatiquement. Un voyant rouge sur sa montre le confirmait. Une fois sur place, il disposerait d'une demi-heure à peine pour empêcher le déclenchement du processus inéluctable qu'il redoutait.

Il étala, sur ses genoux, la carte du plan intérieur du bâtiment. Son index pointa un rectangle situé au dernier étage. Tout allait se jouer dans ce bureau. Personne ne l'attendait. Personne ne se doutait de sa présence. Personne n'imaginait les exigences qu'il imposerait. Que ferait-il en cas de refus ? Fermer l'Académie ? La faire sauter ? Ce n'était pas prévu. En tout cas, il devrait trouver un moyen pour annuler l'examen. Le temps tournait trop vite ou trop lentement, il ne savait plus. Il pressa une main sur sa poitrine. Son cœur battait de façon anarchique.

« Troubles du rythme, avait diagnostiqué son médecin. Évitez les émotions fortes ! » Facile à dire. Tout reposait sur lui et sur lui seul. Pourquoi l'a-t-on choisi pour cette mission périlleuse ? On connaît pourtant sa tendance à s'emporter, à user de violence, parfois. « Vous avez obtenu la majorité des votes. Vous êtes notre dernier espoir », lui a dit son chef, un héros de la résistance, cloué dans un fauteuil roulant.

    L'homme rangea la carte dans sa sacoche et s'appuya contre le dossier du banc. Les yeux fermés, il répéta en boucle, dans sa tête, les mots qui convaincraient, les gestes qui rassureraient et les promesses que personne n'était certain de tenir. On lui avait enseigné comment parler d'une voix persuasive, voire hypnotique, comment garder son calme pour ne pas effaroucher son interlocuteur, comment amener celui-ci à comprendre l'urgence de la situation, la responsabilité qui lui incombait. En serait-il capable ? Les vies de ses parents, de Laura, sa femme, et de Jennifer, sa fille, dépendaient de lui. Et la vie de tant et tant d'autres innocents que la tête lui tournait. Les arbres et les statues basculèrent, sens dessus dessous. Ses doigts s'agrippèrent à la sacoche. Le banc se renversa et l'entraîna dans sa chute sur l'allée gravillonnée. Deux personnes accoururent et l'aidèrent à se relever.

— Tout va bien, monsieur ?

    L'homme grogna des mots inintelligibles, ramassa sa sacoche, se massa le dos et reprit sa place sur le siège. Il avait dit à son chef qu'il doutait de sa capacité à gérer la situation si elle lui échappait, qu'il n'était pas prêt à assumer le risque de l'échec et des conséquences qui en résulteraient. Un silence pesant accueillit ses paroles.

L'homme sortit une chemise de la sacoche et l'ouvrit avec précaution. Elle contenait des documents classés top secret. Sa mission consistait à les dévoiler à une seule personne : le directeur de l'Académie. D'après ses informations, il arriverait à huit heures cinquante-cinq précises et gagnerait aussitôt son bureau. Devrait-il le menacer s'il se montrait rétif ? Employer la force ? Le séquestrer jusqu'à ce qu'il cède ? Ces documents représentaient les seuls arguments, en sa possession, pour convaincre, les seules preuves du danger latent, les seules cartes à jouer pour provoquer la décision salvatrice.

L'homme rangea le dossier et s'avança vers la sortie du parc. Plusieurs dizaines de jeunes gens avaient envahi le trottoir de l'Académie, dans l'attente d'être autorisés à entrer. Il aperçut une femme monter l'escalier. Sans doute faisait-elle partie du personnel. Le directeur n'était pas encore arrivé. Il l'aurait vu passer. Il avait longuement examiné sa photo. Grand, la quarantaine, habillé avec recherche, la boutonnière toujours ornée d'une fleur.

Il sursauta en entendant une cloche sonner. Sa montre indiquait neuf heures et quatre minutes. Son cœur s'affola. En face, les étudiants montaient l'escalier. Le directeur serait-il entré au moment où il était tombé du banc ?

Il n'y avait pas une seconde à perdre. L'homme quitta le parc à grandes enjambées, traversa la rue, bouscula les étudiants, grimpa la volée de marches, franchit le portail, pénétra dans le hall et se cogna contre la foule des candidats à l'examen, qui attendaient, certains le visage blême de trac.

Tête baissée, à coups de coude, il se fraya un chemin, sourd aux protestations qui fusaient sur son passage. Il commençait à gravir l'escalier intérieur quand la femme, aperçue, tout à l'heure, l'interpella, depuis son bureau :

— Monsieur ! Où allez-vous ? Vous n'avez pas le droit de monter.

L'homme, irrité, grogna :

— Je dois voir le directeur.

— Vous avez rendez-vous ?

L'homme haussa les épaules. Il grimpa les marches, quatre à quatre. La femme saisit son téléphone. On entendit la sonnerie résonner dans une pièce du dernier étage. L'homme, à peine essoufflé, y pénétra sans frapper. Derrière un bureau luxueux, le directeur, cheveux courts grisonnants, petites lunettes rondes, fleur à la boutonnière d'un costume élégant d'excellente facture, raccrocha le téléphone. D'une voix calme, il montra la porte.

— Monsieur ! On n'entre pas ici comme dans un moulin. Je vous prie…

L'homme contourna le bureau. Sortit le dossier de sa sacoche. L'ouvrit. Étala les documents sur le plateau de chêne ciré.

— Regardez ces photos !

— Mais enfin…

— REGARDEZ CES PHOTOS ! C'est une question de vie ou de mort.

Malgré lui, le directeur baissa les yeux. Un frisson le parcourut. Il saisit une photo, puis une autre, une autre. Attraction et répulsion se livraient un dur combat. Ses mains tremblaient, son visage se révulsa. Peur, dégout, incompréhension se reflétèrent sur les verres de ses lunettes embuées par la sueur qui perlait soudain à son front.

— C'est horrible ! Qui sont ces gens ?

— Parmi eux, se trouvent certains que vous connaissez. Ils vont mourir, par millions. Leur vie dépend de vous.

Le directeur remonta ses lunettes et s'enfonça dans son fauteuil. Ces photos insultaient la tradition de beauté de l'Académie. Cet homme était fou. Fou dangereux.

Le téléphone sonna. Le directeur jeta un œil à la pendule posée sur son bureau. Il décrocha.

— Tout va bien, mademoiselle. Cet homme est entré ici par erreur. Il ne va pas tarder à s'en aller…

Il raccrocha et tendit un doigt vers la porte.

— Monsieur, je ne comprends pas un mot de vos propos. Aujourd'hui est un jour crucial pour les étudiants qui rêvent d'intégrer notre Académie. Je me dois d'être à leur côté. Veuillez sortir, s'il vous plaît.

L'homme regarda sa montre. Un point lumineux rouge pulsait comme un cœur.

— C'est un jour crucial, en effet, et pas seulement pour vos étudiants. Ma montre me signale que je dispose de moins de quinze minutes pour vous convaincre. Je ne suis pas fou comme vous pourriez le croire. Je viens du futur.

Le directeur resta impassible. C'est à peine si sa paupière droite cligna. Surtout ne pas contrarier cet intrus.

— Je m'appelle Tanzman, poursuivit l'homme. Je suis historien et ancien résistant. Chez moi, nous sommes le 7 mai 1945. Demain se terminera une guerre qui aura duré six ans.

Le directeur réprima un sourire. Il ôta ses lunettes. Les essuya, tout en évitant de regarder les photos.

— J'ai du mal à vous suivre. Sauf erreur, nous sommes en octobre 1908.

— Exact. Pour quelle raison avez-vous avancé la date de l'examen ? J'avais prévu plus de temps pour vous persuader de...

Le téléphone sonna à nouveau.

— Faites-les patienter. Je règle une affaire... inattendue et je descends... Rassurez-les. L'examen aura bien lieu, comme prévu... Avec quelques minutes de retard, tout au plus... Le monsieur ? Il se prépare à partir...

Tanzman fit sauter le téléphone des mains du directeur. Il rugit en arrachant le câble du boîtier fixé au mur.

— Je n'ai pas l'intention de m'en aller avant que vous ne m'ayez écouté !

Le directeur se précipita à la porte, la main tendue vers la poignée. Tanzman le rattrapa et lui tordit le bras. Tous deux roulèrent sur le parquet, renversèrent une table, firent tomber un vase en cristal qui éclata sur le sol. Des bruits de pas résonnèrent dans l'escalier. La secrétaire, derrière la porte, s'écria :

— Monsieur le directeur, que se passe-t-il ?

Celui-ci, le bras douloureux, renonça à se relever. Tanzman, les forces décuplées par l'urgence, poussa le bureau contre la porte et empila dessus, à grand bruit, les fauteuils, les chaises et une armoire d'où s'échappèrent des papiers qui voletèrent dans l'air saturé de fébrilité.

Alarmée par le vacarme, la secrétaire cria d'une voix aiguë :

— La sécurité, au secours !

— Vous êtes en train de vous attirer des ennuis, dit le directeur à Tanzman.

Celui-ci haussa les épaules et s'assit, à son tour, par terre. La main serrée contre sa poitrine, il essaya de calmer son cœur engagé dans une course de vitesse.

— Écoutez-moi. Je vous dis la vérité. Je sais que c'est difficile à croire. Faites moi confiance. L'année dernière, vous avez recalé un dénommé Adolph Hitler, n'est-ce pas ?

— Je ne vois pas en quoi cela vous concerne.

— Il se représente cette année. Il se trouve sans doute, en bas, parmi les étudiants.

Le directeur ébaucha une moue méprisante.

— Je ne comprends pas pourquoi vous vous intéressez à ce jeune homme. Son travail est très insuffisant. Loin de l'exigence de notre institution.

Tanzman s'approcha du directeur, le regard fixe, les mâchoires contractées.

— Vous l'ignorez encore, mais la décision que vous prendrez, à son sujet, va changer le cours de l'histoire.

Le directeur éclata de rire.

— Je crois que vous êtes vraiment fou. Le jeune Hitler n'est pas digne d'entrer dans notre établissement. D'ailleurs, je ne l'ai pas autorisé à se représenter cette année.

Tanzman se redressa, saisit le directeur par le col de sa veste, le souleva, le secoua et le plaqua contre le mur. La violence du choc décrocha un tableau qui chuta dans un bruit de verre cassé. Sous ses doigts serrés, la fleur à la boutonnière s'étiola et les pétales agonisèrent.

La voix de Tanzman s'éleva forte et tremblante, à la

fois.

— Écoutez-moi bien ! Vous devez revenir sur votre décision. Vous devez l'accepter cette année. Vous m'entendez ? C'est un tâcheron médiocre, je sais ! Il veut devenir peintre. On dit qu'il parvient à vendre quelques-uns de ses dessins par-ci par-là. Faites-lui croire qu'il a du talent.

Le directeur, à moitié étouffé, balbutia :

— Mais pourquoi ?

Tanzman relâcha sa pression. Le directeur, la gorge sèche, les jambes flageolantes, se laissa glisser sur le parquet.

— Ma réponse va vous surprendre. C'est le seul moyen pour empêcher cet enragé de prendre le pouvoir en Allemagne, en 1933.

Le directeur se frotta le cou, remonta ses lunettes et rajusta sa cravate.

— Lui ? Quel pouvoir peut-il prendre ? cracha-t-il, avec un ricanement méprisant. C'est un raté. Vous vous moquez de moi.

— J'aimerais bien, soupira Tanzman. Je répète que je viens du futur et je connais les événements qui vont se produire dans les prochaines années. Hitler va passer du statut d'artiste incompris, rejeté par tous, à celui de dictateur persécuteur sanguinaire. Il va provoquer une guerre mondiale et diffuser le nazisme dans toute l'Europe…

— Vous dites n'importe quoi, monsieur. J'ai du travail. Les candidats m'attendent. Je vous prie de sortir de mon bureau sinon ce sera la police qui le fera.

— …tous les professeurs et les étudiants juifs de votre Académie seront déportés et assassinés…

— Monsieur, la plaisanterie a assez duré…

— ...en 1938, votre peintre raté annexera l'Autriche à l'Allemagne nazie. Ce sera l'Anschluss. Vous devrez fermer votre Académie ! Vous comprenez... ?

Le directeur secoua la tête.

— Je ne comprends qu'une chose. Vous délirez. Vous avez dû vous échapper d'un asile psychiatrique.

Tanzman ajouta, la voix cassée :

— ...et, ironie de l'histoire, Vienne réservera un accueil triomphal à l'individu que vous écrasez, aujourd'hui, de votre mépris...

D'un geste précautionneux, le directeur détacha la fleur brisée de sa boutonnière et l'observa, un long moment, blottie entre ses doigts comme un oiseau blessé. Une larme perla à ses paupières. Le visage défait, il tendit la main à Tanzman. Celui-ci la saisit et l'aida à se relever. Le directeur se mit debout sans lâcher la main de Tanzman. D'un coup sec, il le tira à lui, le projeta au sol et s'élança vers la porte. Avec une agilité soudaine, il grimpa sur le bureau qui obstruait le passage, fit dégringoler les fauteuils et les chaises sur Tanzman qui tentait de le rattraper, et tambourina des deux poings sur la porte en hurlant : AU SECOURS ! À L'AIDE !

Tanzman eut juste le temps de tendre le bras. Le noir l'envahit. Le point rouge sur sa montre s'éteignit.

Aujourd'hui, le printemps éclate dans le parc Schiller. Les platebandes sont couvertes de fleurs. Les pépiements des oiseaux voltigent d'un arbre à l'autre. Les enfants courent dans les allées sous le regard, à peine rassuré, de leurs mères.

Tanzman est assis sur le même banc, qualifié de meilleur point de vue sur la façade de l'Académie des

Beaux-Arts, ornée de ses statues mythologiques, figées pour l'éternité.

Il se souvient des bruits de pas précipités dans l'escalier, des cris, des coups assénés à la porte, du rythme effréné de son cœur, de sa respiration bloquée… Il se souvient de l'éclair qui avait jailli de sa montre. Il s'était retrouvé dans le bureau de son chef, un peu sonné par le voyage. Il avait fait son rapport. L'échec de la mission était prévisible, mais l'entreprendre quand même était nécessaire. Tenter l'impossible fait partie de la nature humaine. On lui avait repris sa montre. Une voiture l'avait raccompagné chez lui. Dans son appartement, la solitude toute nue l'attendait. Les êtres qu'il chérissait le plus au monde avaient disparu. Il ne pouvait croire qu'il ne les reverrait plus. L'espoir est comme le chiendent. Indestructible ! Dès demain, il se postera devant l'hôtel Lutétia où seront accueillis les survivants des camps de la mort.

Il tenait à être à Vienne, aujourd'hui, pour honorer un rendez-vous convenu de longue date sans que personne ne l'ait formulé.

Il est arrivé tôt, ce matin. S'est assis sur le banc. La vieille dame ne viendra plus réclamer sa place. Il a patienté le temps nécessaire pour que la rencontre implicite ait lieu. Il regarde sa montre. Une montre ordinaire qui se contente de donner l'heure avec plus ou moins d'exactitude et qui ne songerait pas un moment à modifier le cours de l'histoire. Un vieil homme aux épaules voutées avance vers lui. Ses cheveux blancs et clairsemés coiffent un visage morne, creusé de rides, barré par de petites lunettes rondes.

Son costume usé, de bonne facture, flotte autour de son corps amaigri. Une fleur fanée pend à sa boutonnière. En silence, il s'assoit sur le banc. Il tient à la main le même journal que Tanzman.

Un gros titre, en lettres capitales, s'étale à la Une :
8 MAI, L'ALLEMAGNE CAPITULE

La bulle

Les yeux encore clos, François Toussaint s'étira de tout son long, redonnant vie à son corps engourdi. Il déroula ses doigts et ses pieds jusqu'aux orteils. Ses extrémités lui parurent bien lointaines. Il avait dû dormir longtemps. Il devrait s'autoriser plus souvent ces moments de paresse. Un bon somme, rien de tel pour se recharger ! Il aurait besoin de toute son énergie pour affronter le repas dominical, chez les beaux-parents, et se farcir le civet de lapin occis, saigné, écorché, tranché et mitonné, avec amour, par belle-maman, persuadée que c'est son plat favori.

Il ouvrit les yeux. Au-dessus de lui, de larges feuilles de figuier s'étalaient sous un ciel d'une limpidité transparente. Il rit en silence. Incroyable ! Il s'est endormi dans le jardin. Voilà une histoire qui va faire le tour de la famille. Dans son costume du dimanche, qui plus est ! Heureusement, il avait pris soin de s'étendre sur un drap. Il se redressa d'un bond, sans s'aider de ses mains, comme un jeune homme, à peine surpris de ne pas sentir ses lombaires protester. Ah ! Les bienfaits de la sieste... Elle devrait être obligatoire et rémunérée !

Quelle idée de venir fêter son anniversaire chez ses beaux-parents ! Sa femme avait trouvé des arguments imparables : tu te plains d'y passer tous tes dimanches, eh bien, là, tu feras d'une pierre deux coups !

Il regarda autour de lui. Le jardin s'était agrandi pendant son sommeil. Des collines verdoyantes l'entouraient et une rivière limpide, qui n'était pas prévue dans le plan d'occupation des sols, coulait en son milieu. Et cet arbre ? Pas de doute, c'était bien un figuier. Il n'y a jamais eu d'arbre fruitier dans le jardin ! Et sûrement pas un figuier de cette sorte, aux feuilles striées de veines aussi bleues que les fruits rebondis suspendus à ses branches !

— Monsieur est réveillé ?

La voix le surprit par son timbre grave. S'il n'avait pas sursauté, il aurait pu apercevoir ses vibrations sonores se déployer dans l'espace en longues fréquences de basses caverneuses.

— Pardon ?

Devant lui se tenait une femme à l'embonpoint moelleux et la poitrine généreuse, vêtue d'une livrée en satin blanc, décorée d'un badge en forme de feuille de figuier. Une grande cape, accrochée à ses épaules, flottait derrière elle. Un diadème de petites fleurs blanches, semblables à du jasmin, ornait ses cheveux argentés, coupés court. Dans son visage, encore jeune, des yeux crépusculaires, enfoncés dans leurs orbites, le considéraient avec attention.

— Si monsieur veut bien me suivre.

Comment cette femme s'y prenait-elle pour produire une voix de basse aussi profonde ? L'opulence de sa poitrine, mise en valeur par son corsage échancré, y serait-elle pour quelque chose ? François Toussaint soupira. Sa femme a de petits seins, vraiment petits. En revanche, sa maman... partie trop tôt... Plus jamais, il ne retrouverait cette chaleur fondante sur son visage enfoui entre ses gougouttes sucrées au parfum de fleur d'oranger...

— Vous suivre ? Pourquoi pas ? Mais... qui êtes-vous ?

— Votre guide, monsieur, pour vous accompagner.

— Ah ! Ne me dites pas qu'ils ont embauché des serveurs et tout le tralala ! Je voulais quelque chose de sobre. Une petite fête entre nous... rien de plus.

La semaine dernière, au terme d'une discussion houleuse avec sa femme, François Toussaint avait exigé, et obtenu, l'assurance que son anniversaire se déroulerait en toute simplicité. Il détestait les festivités, en général, et plus encore les anniversaires dont la fréquence avait tendance à s'accélérer au fil de l'âge. Sous prétexte de célébrer la naissance, ils ne faisaient qu'égrener le restant de vie, à l'horizon de l'échéance ultime.

— La cérémonie fut très simple, monsieur. Par ici, s'il vous plaît.

La femme contourna le figuier et prit un chemin qui serpentait à travers une pelouse si élastique qu'elle semblait à peine la frôler de ses pieds.

— De quelle cérémonie parlez-vous ?

— Celle de vos funérailles, monsieur.

Toussaint s'arrêta pour rire aux éclats. Cette femme, à la voix d'homme, était vraiment drôle. Il ne remarqua pas tout de suite qu'elle évoluait au-dessus du gazon parsemé de fleurs.

— Mes funérailles ! Mais vous êtes lugubre, dites-moi, sous votre petit air tranquille.

— Que monsieur veuille bien m'excuser.

— N'en parlons plus, mais où sommes-nous ? Je ne

reconnais pas le jardin et je ne vois pas le pavillon. Oh, oh ! Ils n'auraient pas loué une salle dans le genre *château-d'époque-entouré-d'un-parc-aux-arbres-centenaires ?* Mon épouse en serait bien capable !

La femme ne répondit pas et continua d'avancer en se déplaçant à environ un mètre au-dessus du sol.

Toussaint ouvrit des yeux incrédules.

— Mais comment faites-vous ? C'est incroyable !

— Je ne fais rien de plus que vous, monsieur. Prenez garde à la branche au-dessus de votre tête.

L'avertissement arriva trop tard. La tête de Toussaint traversa la branche avec la même facilité qu'Alice, le miroir. Il en était ébahi. Plus encore quand il constata qu'il se déplaçait au-dessus du sol, sans le moindre effort.

— Mais c'est prodigieux, votre truc, s'exclama-t-il en testant les différentes possibilités que lui permettait ce nouveau mode de locomotion. Marche avant, arrière, sur le côté, à droite, à gauche. Il pouvait aussi s'élancer dans les airs, faire des cabrioles et des sauts périlleux dignes d'un acrobate. Expliquez-moi ! C'est à la portée de tout le monde ?

— Seulement des morts, monsieur.

Toussaint s'immobilisa.

— Encore ! Vous n'êtes plus drôle du tout, savez-vous ? Si c'est un gag, il est foireux au possible. Je vais engueuler ma femme, vous allez voir ! Mais... Mais... qu'est-ce que c'est… ?

Dans un espace, que rien ne semblait borner, de grosses bulles transparentes venaient d'apparaître suspendues dans un ciel scintillant de mille soleils, lesquels, chose étrange, brillaient sans éblouir. Chaque bulle émettait une vibration d'où s'échappaient, en touches légères et ininterrompues, des couleurs, des sons, des parfums et des saveurs, qui progressaient, se rapprochaient, s'entrelaçaient, se séparaient pour se mélanger à nouveau dans un mouvement infini d'une exquise douceur. Certaines des bulles étaient occupées par une ou plusieurs silhouettes. Tout autour, d'autres silhouettes aussi immatérielles que vaporeuses évoluaient en dégageant une chaude clarté de matin de printemps. C'est en tout cas ce qui vint à l'esprit de François Toussaint. Néanmoins, il prit un air autoritaire pour demander :

— Madame ! Pouvez-vous m'expliquer tout ceci ?

La femme secoua la tête avec bienveillance. Quelles que soient leurs origines et leurs croyances, les nouveaux arrivants, à de rares exceptions près, réagissaient tous, de la même manière, selon un déroulé qui variait à peine de l'un à l'autre. François Toussaint en était à la phase de déni. Elle répondit d'une voix douce :

— Nous sommes arrivés, monsieur. Je vais vous installer dans votre bulle.

— Arrivés ? Arrivés où ?

— Au pays des morts, monsieur.

— Décidément, c'est une idée fixe. Ma femme va m'entendre, croyez-moi ! Je ne sais pas comment tout cela fonctionne, mais il y a un truc, c'est sûr ! En tout cas, j'en ai assez vu, ramenez-moi chez moi, s'il vous plaît.

Et voilà ! La certitude d'avoir eu un chez-soi, même si ce n'était qu'un bout de trottoir, apportait un réconfort illusoire à ceux qui refusaient d'admettre la nécessité de traverser l'inéluctable fin de vie.

La femme désigna l'espace infini qui les entourait.

— Vous êtes ici chez vous, monsieur. Ah, voici votre bulle qui s'avance.

— Ça ! Cette bulle de savon ?

— Elle s'adaptera à votre taille, à vos goûts et à vos besoins. Vous en serez très satisfait, je puis vous l'assurer.

Une minuscule bulle irisée se mit à flotter autour de Toussaint. Tout en tournant sur elle-même, elle se rapprocha et le frôla jusqu'à le caresser avec tendresse. Il perçut une odeur d'anis.

— Du pastis, ici ?

— Et bien d'autres choses encore, monsieur. Votre bulle répondra à toutes vos demandes.

— C'est très gentil... Je n'en ai pas bu depuis longtemps. Ma femme a jeté la dernière bouteille, sur ordre du médecin. Mais... pourquoi cette bulle me colle-t-elle ainsi ?

— Elle manifeste sa joie de vous rencontrer. Elle est très affectueuse, vous en serez content, j'en suis sûre.

Toussait allait protester lorsqu'une silhouette se matérialisa devant lui et le salua de quelques phrases musicales avant de s'éloigner en dansant au rythme d'une mélodie qui s'enroulait autour d'elle en longues portées d'où jaillissaient, en un savant désordre, des milliers de notes noires et blanches accompagnées de quelques soupirs, syncopes et autres altérations dont certaines à la clé.

— Mais je le connais, lui ! s'écria Toussaint stupéfait en pointant son doigt.

— Sûrement, monsieur, c'est une célébrité.

— Mais oui... c'est... Ah, son nom m'échappe...

— Rien de plus normal, il porte un nom différent selon les époques.

— Ah ?... Par exemple ?...

— Jean-Sébastien... Amadeus... Elvis... pour ne citer que quelques-uns.

Toussaint n'en croyait pas ses yeux. Faute de posséder une culture musicale suffisante, il applaudissait les artistes que les spécialistes décrétaient les meilleurs dans leur domaine. Mais de là à les voir évoluer devant lui...

— Vous vous moquez de moi ! Mais... attendez, celle-là aussi, je la connais.

Devant eux, une créature — de rêve, c'est ce qui lui vint à l'esprit — aux longs cheveux roux, vêtue d'un fourreau de satin noir, lui sourit, et commença à ôter, doigt par doigt, un interminable gant noir tout en se déhanchant sur une musique langoureuse.

— Encore une célébrité, monsieur.

— Non !... Ne me dites pas que c'est...

— Monsieur a deviné ! Vous êtes un grand cinéphile. Vous vous plairez beaucoup ici.

Toussaint ne méritait pas ce titre. Il se contentait de suivre les conseils des critiques spécialisés, en particulier quand il s'agissait d'actrices disparues, mais toujours vivantes sur l'écran, incarnations de la femme inaccessible, sauf dans les rêves. Il chercha autour de lui, avec une curiosité enfantine. Marylin allait-elle apparaître ?

La bulle, maintenant largement ouverte, dégageait une atmosphère de douce paresse tout à fait tentante, où, en plus de l'odeur du pastis, s'épanouissait l'arôme du chocolat au lait que lui servait sa maman au goûter, après l'école. Toussaint se ressaisit.

— C'est une plaisanterie !

— Je ne me permettrais pas monsieur. Vous êtes ici

chez vous et vous aurez tout loisir de vous mêler aux âmes généreuses qui y vivent.

Toussaint risqua un œil vers la créature qui avait fini d'enlever son gant et lui faisait signe en agitant sa main, intégralement nue à présent.

Il s'arracha avec peine à ce spectacle enjôleur, hésita, et demanda sur un ton qu'il voulait léger.

— Je suis donc... mort ?... Et pouvez-vous me dire depuis quand ?

La femme sourit. La phase d'acceptation se profilait. Elle répondit avec entrain, comme pour assurer au nouveau venu que c'était la meilleure chose qui lui était arrivée, dans son existence de mortel.

— Depuis trois jours, monsieur. Tout le monde, ici, était impatient de vous accueillir. Mais il fallait respecter le délai d'attente légal avant de venir vous chercher.

Toussaint se retint pour ne pas ricaner.

— Je comprends. Vous aussi, vous êtes submergé par la paperasserie et le bon vouloir des fonctionnaires imbus de leur toute-puissance. J'en sais quelque chose.

Et, peut-être pour calmer l'inquiétude diffuse qui lui serrait la gorge, il se mit à raconter ses démêlés avec la mairie de sa commune quand il demanda l'autorisation de bâtir un monument funéraire où seraient enterrés son chien, son cochon vietnamien et le vieux cheval qu'il avait sauvé de l'abattoir.

La femme s'abstint de lui expliquer le fonctionnement du système *après-vie*, la rigueur du protocole et les règles à respecter en fonction des croyances de chaque décédé. Elle se contenta de l'écouter avec attention. La phase de banalisation par mimétisme augurait celle de l'adaptation, prélude à l'acceptation.

Après un bref silence, à peine troublé par le passage d'une bulle habitée par une famille de lapins, Toussaint se risqua à faire part d'un questionnement qui lui picotait la langue depuis un moment :

— Excusez mon innocence... mais je n'imaginais pas la mort comme cela... Normalement, vous devriez être squelettique, emmitouflée dans une cape noire, munie d'une grande faux, dans un néant sombre et nauséabond...

La femme soupira.

— Les vivants nous font beaucoup de torts en nous décrivant de manière aussi négative et terrifiante. C'est par ignorance bien sûr. Ce n'est qu'une fois arrivés ici qu'ils comprennent leur erreur. Je me demande pourquoi vous tenez tant à la vie. Ce n'est que dans la mort que vous pouvez vous libérer, vous dilater, croître et vous réaliser. Tout est possible dans la mort, tout ! Vous verrez... Maintenant, monsieur, si vous voulez bien entrer dans votre bulle... Je vous souhaite un très agréable séjour.

Elle s'inclina et arrêta une autre bulle qui passait, aux senteurs de figue fraîche. D'un bond, Toussaint la rejoignit. Elle s'efforça de garder son calme. C'était l'heure de sa pause, mais elle ne pouvait la prendre que si l'homme était enfermé dans sa propre bulle. Aucun nouveau décédé ne devait divaguer dans l'enceinte de l'infini avant le temps nécessaire à son ancrage.

— Attendez ! cria Toussaint, quelque chose m'échappe dans cette histoire.

— Vous devez rester à l'intérieur de votre bulle, monsieur ! dit la femme sur un ton impératif.

— Juste une question...

La femme hocha la tête. Elle comprenait. C'était si difficile pour tous ceux qui avaient vécu en étant persuadés de détenir une dérogation spéciale qui faisait d'eux des immortels, proches des dieux. La plupart ignoraient que les dieux existaient seulement dans leur imaginaire. Ceux qui le savaient l'oubliaient à mesure qu'ils avançaient en âge.

— Je vous écoute.

— Voilà... Euh... Comment suis-je mort ?

La femme soupira. Comme si cela avait de l'importance. Mais l'homme avait le droit de connaître son histoire.

— En mangeant. Un os de lapin s'est planté dans votre trachée.

— Ah ! Cela n'a pas dû être agréable... Et... je suis mort ?

— Étouffé. Oui, monsieur.

— Et... On n'a rien pu faire ?... Taper dans le dos... pendre par les pieds... bouche à bouche... massage cardiaque... ?

— Non, monsieur. Pour notre plus grande satisfaction...

— Bien sûr, bien sûr... Mais comment expliquer que je ne me souvienne de rien ?

La femme hocha la tête en murmurant :

— Tous les mêmes...

Puis, à haute voix :

— Bien ! Il faut avancer, monsieur, sinon nous risquons de prendre du retard sur le programme d'admission. Voulez-vous consulter votre mémoire ?

Toussaint, soudain surpris par ce ton à la limite de l'agacement, fit un signe timide de la tête que la femme entendit comme un assentiment.

— Fixez-moi bien dans les yeux.

Le regard de la femme s'élargit en un vaste écran. Toussaint se vit allongé sur son lit de mort, puis à l'intérieur de son cercueil. Au cimetière, il suivit son enterrement jusqu'au moment où les fossoyeurs comblèrent sa tombe. À chaque scène, sa femme et ses beaux-parents étaient présents, ainsi qu'une famille de lapins. Il sentit des larmes couler sur ses joues.

— Simples réminiscences d'émotions terrestres, monsieur. Elles disparaîtront bientôt. Maintenant si vous voulez bien prendre place dans votre bulle.

— Pourquoi donc ?

La femme réprima une envie de saisir cet enquiquineur par les oreilles et de le balancer dans sa bulle. Après sa pause, elle devait réceptionner un nouvel arrivant. Elle n'avait pas de temps à perdre, façon de parler, cela va de soi. Ici le temps ne pouvait se perdre puisqu'il n'existait pas.

— C'est le règlement. Quarantaine obligatoire pour vous laver des scories de la vie.

Toussaint n'eut pas le loisir de répliquer. La bulle commençait déjà à l'envelopper de sa douceur enivrante. Un parfum de jasmin émergeait à présent au-dessus du pastis et du chocolat chaud tandis que la berceuse, que lui fredonnait sa mère pour l'endormir, s'épanouissait en tendres arabesques ondoyantes, s'enroulait autour de lui et le portait jusqu'au fond doré de la bulle sur un lit de fleurs d'oranger.

C'était plutôt agréable, et, pourquoi ne pas le reconnaître, absolument délicieux. Toussaint se laissait aller à une douce somnolence quand il se redressa et se débattit dans la bulle qui l'enserrait.

— Non ! Non ! Non ! Désolé ! Je refuse !

— Voyons, monsieur, il n'est plus temps de refuser ou d'accepter. C'est ainsi !

— C'est impossible ! Je dois rentrer arroser mon ficus, avec cette chaleur, il risque de crever, je ne sais plus si ma femme a nourri le chat, elle oublie souvent, je crois qu'elle n'aime pas les chats, je dois aussi fleurir la tombe de ma mère, comme tous les dimanches. Et j'ai commencé une étude sur les mœurs amoureuses des araignées. J'en suis au point le plus délicat et...

Profitant de la surprise de la bulle qui relâchait son étreinte, Toussaint jaillit à l'extérieur, lança ses jambes et se mit à courir. Il fit à peine trois pas. La femme le saisit par un bras et la bulle, par un pied. Il tenta de se dégager. Elles tirèrent d'un côté... Lui de l'autre...

— Chéri, un peu de tenue, je t'en prie. Tu ne fais que dormir ! murmurait sa femme à son oreille en secouant son bras pour le maintenir éveillé.

— Hein ? Quoi ? Ah oui... c'est... ce pastis. Je n'aurais jamais dû en boire. J'en ai perdu l'habitude. Ça a un effet soporifique sur moi.

— Tu vois ! Tu le reconnais, enfin. Le médecin a autorisé un demi-verre, c'est encore trop !

Toussaint clignota des paupières.

— J'ai vraiment sommeil.

— Fais un effort ! C'est pour toi que nous sommes ici. Maman a choisi le meilleur restaurant de la région.

— Oui, oui... bien sûr... j'ai fait un rêve curieux... il y avait Rita Hayworth et ma mère...

— Ta mère, encore ta mère. Tu dois grandir, François, tu dois accepter. C'est la vie. C'est triste, mais c'est ainsi.... Et Rita Hayworth ! Non, mais !

— En tout bien, tout honneur, je te rassure.

— Et tu voudrais que je te croie ? Ressaisis-toi, maintenant ! Tu n'as presque pas touché au civet. Tu n'aimes pas ?

— Si, si... mais je dois aller aux…

Il se leva avec peine, sous le regard courroucé de sa femme.

— Oh ! Tu as fait une tache à ton costume ! Maman a raison, un drap te serait plus utile qu'une serviette !

Toussaint haussa les épaules en marmonnant, contourna la table et s'avança vers l'hôtesse, toute vêtue de blanc, qui venait à sa rencontre. Un badge, en forme de feuille de figuier, épinglé sur sa poitrine plantureuse, mentionnait son prénom : Marie-Ange.

La bouche pâteuse, il demanda :

— Les toilettes, s'il vous plaît ?

— Si monsieur veut bien me suivre.

La voix d'alto, au grave profond, vibra dans sa tête comme une cloche d'église. La femme le précéda sur une allée gazonnée, décorée de ballons multicolores. Sa démarche aérienne donnait l'impression qu'elle flottait dans l'air. À travers le chemisier presque transparent, Toussaint devinait l'attache du soutien-gorge. Il s'imagina le dégrafer et enfouir son visage entre les gros globes moelleux ainsi qu'il le faisait avec sa mère quand il était enfant.

Voilà plus d'un an que sa maman avait rejoint les étoiles. Il ne cessait d'y penser. Faire le deuil, comme on disait autour de lui, reviendrait à l'abandonner pour toujours, dans une nuit éternelle et glacée, et à faire de lui un orphelin.

L'hôtesse s'arrêta, se retourna et lui désigna un bâtiment en forme de tourelle :

— C'est ici, monsieur.

Toussaint s'immobilisa. Les pieds ancrés au sol, la bouche ouverte, les yeux écarquillés, il tendit une main tremblante vers l'hôtesse qui se précipita et le rattrapa avant qu'il glisse à terre.

— Quelque chose ne va pas, monsieur ?

La tête blottie contre la poitrine généreuse de la femme, François Toussaint murmura d'une petite voix : tout va bien, maman… tout va bien… sans qu'un son ne franchisse ses lèvres entrouvertes sur un sourire béat.

Le masque

Fracas ! Je me réveille en sursaut. Un crissement de métal me vrille les tympans. Il serpente, s'insinue, pulse, martèle mon crâne d'un déluge de décibels. On me secoue avec force. J'aperçois une silhouette, penchée sur moi, floue, à contre-jour. Je tâte l'endroit où devraient se trouver mes lunettes. On les pose sur mon nez. Je reconnais le visage de mon frère à quelques centimètres du mien. Les yeux écarquillés, la bouche ouverte, ses traits déformés affichent la terreur qui suit ses cauchemars. Il essaye de parler. Seul un faible grognement guttural franchit ses lèvres. Signe de stress massif. Autour de nous, le grincement résonne en continu. Aigu. Strident. Lugubre. Ça vient d'en haut.

Où sommes-nous ?

Je repousse mon frère et me redresse. Nous nous trouvons dans un lieu inconnu. Inhospitalier est un terme trop doux pour le définir. Hostile conviendrait mieux. Une sorte de cave sans porte ni fenêtre, sans mobilier, sans rien. Le sol, en terre battue, porte l'empreinte de nos corps. Les murs, en béton brut, nous cernent de leurs aspérités grises. Nos vêtements sont froissés. Déchirés par endroits. Un frisson me parcourt lorsque je regarde nos pieds. Ils sont nus.

Que s'est-il passé ? Comment sommes-nous arrivés là ?

La veille, nous étions allés voir un dessin animé, le seul spectacle que mon frère peut suivre de bout en bout sans se lever en poussant des cris d'animaux.

« Je te le confie, m'avait murmuré maman, tu sais comme il est tête en l'air ».

En fait, il lui manque juste quelques cases à mon frangin. À cause d'un mauvais coup de forceps, à la naissance. Pas grand-chose dans le crâne, mais question muscles et gabarit, c'est un géant. À côté de lui, malgré ma grande taille, je suis un pâle freluquet. À se demander qui protège l'autre.

Cramponné à mon bras, le front moite, il pointe un index agité vers le plafond.

— J'ai vu, lui dis-je, d'une voix que j'espère rassurante. Ne t'inquiète pas.

Tout en haut, percée à près de quatre mètres de haut, une lucarne découpe un carré de ciel bleu sur lequel un esprit malin a épinglé un nuage blanc en forme de papillon. Actionné par une main invisible, le vantail s'ouvre et se ferme comme une gueule d'animal à la recherche de proies. Ses charnières rouillées sont à l'origine de ce grincement de ferraille criard qui attaque le nerf auditif à coups de vibrations aux fréquences sonores à la limite du supportable. C'est, en tout cas, ce que j'imagine à partir de mes cours d'anatomie. Recourir à la rationalité, quand la panique pointe son nez, est un mode de défense utile, à défaut d'être efficace.

Mon frère essaye de me dire quelque chose. Ses bruits de gorge à peine articulés sont incompréhensibles, comme d'habitude. Je réponds sur

un ton apaisant :
— Nous allons trouver une solution et sortir d'ici, ne t'en fais pas.

Ses yeux bovins, voilés d'humidité, me couvent d'une confiance enfantine, indéfectible. Je regarde autour de moi. Il doit bien exister une issue. Lui, me contemple, les paupières agitées d'un spasme convulsif.

« Tu es son dieu », ne cesse de rabâcher maman.

C'est embarrassant. Lourd à assumer. J'aimerais qu'il s'attache à une autre divinité. Rien à faire. Il s'accroche à moi comme la moule à son rocher.

Surtout, ne pas montrer mon inquiétude.

« Tu sais comme il s'angoisse pour un rien », serine maman à longueur de journée.

J'appelle :
— Il y a quelqu'un ?
Mon frère répète en écho :
— A-e-un ?
Le mouvement du vantail s'accélère. Le ferraillement monte en puissance.
Les mains sur les oreilles, je crie :
— IL Y A QUELQU'UN ?...
Mon frère beugle :
— A-E-UN ?...
Le crissement redouble d'intensité.
Je hurle :
— IL Y A…
Un claquement sec résonne au-dessus de nos têtes. Le bruit cesse d'un coup. Un silence sourd, pesant, enfle et nous enveloppe avec la densité d'un brouillard. Le temps d'une respiration, un sifflement aigu perce mes tympans et disparaît. Mon frère, les yeux révulsés,

s'agrippe à mon bras.

Là-haut, le vantail est immobilisé en position ouverte. Une voix rocailleuse, amplifiée par un haut-parleur invisible, tombe de la lucarne et lance, sur le ton accrocheur d'un bonimenteur de foire :

— Salut les jumeaux !

Qui est cet homme ? Comment sait-il que nous sommes jumeaux ? Nous nous ressemblons si peu. C'est un éternel sujet d'étonnement dans la famille. Comment deux enfants, nés d'un même accouchement, peuvent-ils être aussi différents ? Pour toute réponse, notre père a fait sa valise dès qu'il a entendu le médecin prédire, sur un ton grave, l'avenir de mon frangin : « Atteintes profondes. Séquelles irréversibles. Votre fils gardera, toute sa vie, l'âge mental d'un gosse de deux ans. »

Mais le corps a poursuivi son évolution et, peut-être en réaction à une cervelle cabossée, a dépassé les dimensions standards pour se rapprocher de celles des colosses.

Un gros rire interrompt mes pensées. À travers la lucarne, un masque de carnaval vient d'apparaître, secoué par ce rire tonitruant qui ricoche de mur en mur dans une sarabande effrénée. Mon frère se jette dans mes bras. Il est effrayé. Ses yeux roulent dans leurs orbites, signe précurseur de l'imminence d'une crise. Je fouille mes poches. Vides. Ni médicaments, ni mouchoir, ni portable.

Le rire s'apaise :

— Ne vous inquiétez pas, je gère la situation. Au fait… c'est un jour spécial, aujourd'hui ! Vous vous souvenez ?

Jour spécial ? J'ai failli oublier. Je pense à maman.

Toute la famille doit être réunie.

La voix continue, sur un ton allègre :

— Un jour très spécial, n'est-ce pas ?

Je hausse les épaules. J'enlève ma chemise, la roule en boule et m'en sers pour éponger le visage de mon frère, ruisselant de sueur. Je murmure à son oreille :

— Tout va bien, ne t'inquiète pas.

— É-eur…

— Tu n'as pas à avoir peur…

— U-es-a-é-a…

— Je reste avec toi.

— A-ouié…

— Je ne bouge pas.

Je m'assois par terre à côté de lui. Il semble encore plus grand dans cette position. Il pose sa tête sur mon épaule. D'habitude, ça me gêne, mais ici, qu'importe. Personne ne nous voit, sauf ce masque, là-haut.

Le sang cogne à mes tempes. Je dois, à la fois, rassurer mon frère, comprendre ce qui nous arrive et trouver le moyen de sortir de ce cauchemar.

— Désolé, reprend la voix, il n'y a pas de clim. Et le confort est spartiate, je le reconnais...

J'aimerais avoir des ailes, traverser la lucarne et lui envoyer mon poing dans la gueule.

— …mais j'espère que vous apprécierez le cadeau…

Mon frère se redresse.

— A-o ?

Le mot cadeau a toujours produit un effet magique sur lui. Je me lève, pris soudain d'un espoir insensé. Quelqu'un nous fait une farce. C'est évident. On nous fait peur pour que ce soit crédible et, bientôt : surpriiiise !!! Tout le monde sera là et les applaudissements crépiteront. Il doit exister un passage secret dans cette cave, un mur coulissant, une cavité invisible, n'importe quoi... Il faut jouer le jeu. Je prends une voix sévère et intéressée, à la fois.

— Quel cadeau ?

Mon frère fait écho :

— A-o ?

Le masque répond :

— Un sacré cadeau, je vous prie de me croire.

J'hésite à lancer une insulte bien sentie. J'ignore à qui j'ai affaire.

— Le seul cadeau que nous apprécierions serait de sortir d'ici. Et vite !

À nouveau, le gros rire résonne :

— Un cadeau d'anniversaire, ça vous plairait ? Joyeux anniversaire ! Happy birthday ! Buon compleanno !

Je serre les poings. Plus je grandis et moins je supporte les commémorations de notre naissance.

Le masque insiste :

— C'est bien aujourd'hui, je ne me trompe pas ?

Mon frère prend mon visage dans ses mains et me force à le regarder.

— A-o ?

Un vrai gosse.

— T'en fais pas, frérot, comme chaque année, c'est toi qui auras le plus gros cadeau.

Et pendant que mon frère chante sur tous les tons :

— A-o... A-o... A-o...

J'entends ma mère me répéter : « C'est pour compenser. Tu comprends ? Estime-toi heureux de ne pas être à sa place. »

Elle prononce les mêmes paroles chaque année, et

chaque fois, à ce moment-là, je pense à mon père et je serre les dents. Nous avions tout juste deux ans quand il est parti. On ne l'a plus jamais revu.

Le masque continue, sur un ton narquois :

— Vous n'êtes pas très curieux, les jumeaux. Un cadeau c'est toujours bon à prendre, croyez-moi.

Cadeau ! Ce type se fout de nous. Il nous balance son rire démoniaque, histoire de nous effrayer davantage, et disparaît. Par la lucarne, j'aperçois le ciel, où le gris le dispute au bleu. Le vantail se remet à hurler. Le bruit de ferraille, aussi aigu que la pointe effilée d'une lame de couteau, nous déchire les tympans. Mon frère se bouche les oreilles. Son regard suppliant me fouille jusqu'au fond du crâne. Je ne supporte pas cet air souffreteux de chien battu.

« Sois gentil avec lui, me répète ma mère tous les jours. Il est si émotif. »

Il n'y en a que pour lui. Je sais, ce n'est pas sa faute. Et il m'aime, c'est sûr.

« Jamais personne ne t'aimera autant, me rappelle maman. Ne l'oublie pas. »

Comment pourrais-je oublier ?

La pénombre envahit la cave. Je commence à avoir froid. Le masque a disparu. Je n'ose penser à ce qui nous arrivera s'il ne reparaît plus. Il nous tient et il est notre seul espoir de sortir de ce trou.

J'appelle, d'une voix étranglée :

— Oh ! Qu'est-ce qu'il se passe ? Où êtes-vous ?

— Où-é-ou ? répète mon frère.

Le grincement s'intensifie, comme pour couvrir nos paroles. Ce n'est plus une lame de couteau. C'est un foret qui nous perce le crâne dans un vacarme assourdissant. Je me roule en boule sur le sol, la tête entre les bras. Mon frère se colle à moi. Il m'étouffe. Il gémit. J'entends claquer mes os. Si ce bruit infernal continue, mon corps va exploser.

Puis, d'un coup, le silence. Presque aussi douloureux que le fracas. Je me dégage de mon frère, me redresse. À travers la lucarne, le ciel s'assombrit. Je tremble à l'idée de passer la nuit dans cette cave, sur cette terre froide, entre ces murs sinistres.

Le masque apparaît. Il remplit la lucarne de sa présence. Il se penche vers nous. Je rage en sentant le bien que ça me fait de le revoir.

— Ça va ? Vous ne vous ennuyez pas ?

J'hésite entre la colère et la crise de larmes.

— Pourquoi vous nous traitez comme ça ? Qu'est-ce qu'on vous a fait ? Maman doit être morte d'inquiétude.

— Vous en faites pas, elle tient le coup.

— Vous êtes en contact avec elle ?

Une idée folle me vient à l'esprit.

— Vous voulez une rançon ? C'est ça ?

Le rire gras, soudain plein de menaces, me vrille l'estomac.

— Une rançon ? Non, mais, vous me prenez pour qui ? Un malfrat ? Un gangster ? Moi qui m'apprêtais à vous envoyer votre cadeau d'anniversaire... vous me faites de la peine. Vraiment. Eh bien, débrouillez-vous ! Je me tire.

— Non ! Non ! Attendez !

— A-e-é !

— Vous m'avez insulté ! reprend le masque, sur un ton indigné.

— Excusez-moi... j'ai parlé sans réfléchir. Ne partez pas. Dites-nous ce que vous voulez...

— Ou-ou-é.

Le masque s'efface. Une étoile s'allume dans le ciel. La voix nous parvient, lointaine, triste.

— Vous ne méritez pas que je m'occupe de vous…

Le vantail de la lucarne claque avec fureur. Son écho se cogne aux murs. La nuit nous saute dessus comme une louve affamée.

Dans le noir, j'entends mon frère ronfler. C'est radical. Il s'endort dès le coucher du soleil et se réveille à la première lueur du jour. Maman dit qu'il a dû être un coq ou une poule dans une autre vie. Il était peut-être plus heureux que dans celle-ci. À part manger et dormir, quel plaisir peut-il trouver à vivre ?

« C'est le grand mystère, dit maman. Qui sait ? On nous l'a peut-être envoyé pour une raison que nous ne sommes pas en mesure de comprendre ? »

Ma mère adhère à des tas de croyances plus farfelues les unes que les autres. J'évite de la contredire. Chaque jour, elle attend le miracle que lui promettent ses rêves. Quand j'étais enfant, elle m'expliquait que mon frère était, sans doute, un extra-terrestre chargé d'une mission spéciale.

Je demandais :

— Quelle mission ?

— Mission secrète.

— Et moi ?

Elle me caressait les cheveux.

— Toi ? Tu seras son assistant, comme Aaron l'était pour Moïse, Sancho pour Don Quichotte.

Quand j'ai appris qui étaient ces personnages, je me suis insurgé :

— Non ! Je ne veux pas !

Elle s'était contentée de sourire : « C'est ainsi. Ta

mission est de l'accompagner. On n'y peut rien changer. »

Que faisait-elle en ce moment ? A-t-elle averti la police ? C'est ce que ferait toute mère, inquiète de l'absence de ses enfants. Toute mère normale. Maman répond-elle à cette définition ?

Le vantail de la lucarne est fermé, mais le bruit de ferraille rouillée siffle dans mes oreilles en un écho étouffé, ininterrompu. Je me creuse la tête pour comprendre les intentions du masque. Reviendra-t-il ? Il joue à l'offensé, mais c'est du cinéma. S'il nous abandonne, nous ne résisterons ni au froid ni à la faim. Nous crèverons ici. Personne ne nous retrouvera.

Je serre les poings. J'avais rêvé d'une autre vie.

J'entends un craquement du côté de la lucarne. Je devine qu'on ouvre le vantail. Le grincement de la charnière bourrée d'oxyde est assourdi, comme si quelqu'un veillait à ne pas faire de bruit. Je me redresse en douceur, silencieux moi aussi. Venue de nulle part, une lumière éclaire le plafond. Je vois une main sortir de la lucarne, puis un bras. Le bras s'allonge, s'étire, grandit. Il descend vers moi. La main, fine et déliée, s'arrête à quelques centimètres du sol. Je comprends, au mouvement des doigts, qu'elle m'invite à la saisir. Je tends ma main. Elle l'empoigne, me soulève, m'entraîne. La lucarne se rapproche. Elle est ouverte. Je la traverse. Enfin libre !

Un sursaut brusque de mon frère me réveille. Mon dos, éreinté, courbatu, crie de douleur. Les larmes, silencieuses, coulent sur mes joues. Les yeux fixés sur la lucarne, j'essaye de rattraper mon rêve. Je ne peux qu'accompagner le languissant déplacement de la nuit vers le jour. Une lumière grise se pose sur le visage de mon frère. C'est l'heure de son réveil. Il va hurler de faim.

Un nouveau bruit résonne là-haut. Claquements sourds mêlés à un cri strident semblable au hululement d'un rapace. Une forme blanche apparaît. Elle descend à la vitesse d'un escargot. Je ne sais plus si je dors ou si je suis éveillé. Je ne sais pas si je dois avoir peur. J'écarquille les yeux. Ça ressemble à une boîte. Une corde la soutient à mi-hauteur.

Mon frère s'étire.

Ses premiers mots me combleraient d'aise si j'avais le cœur à rire.

— É-in.

J'essuie les traces de larmes sur mon visage avant qu'il se lève.

« Veille à ne pas l'inquiéter, me recommande maman, tous les jours. »

— É-in, répète mon frère.

— Désolé frérot. Il n'y a rien à manger.

Il me fixe. Je lis une incompréhension totale dans ses yeux. Manger constitue son activité principale en dehors du sommeil.

— In ?

— Rien.

— A-an ?

— Maman n'est pas là.

Le rire sardonique résonne, à nouveau.

— Maman n'est pas là, mais je suis là, moi ! s'esclaffe le masque dans l'encadrement de la lucarne. J'apporte la bouffe. C'est dans la boîte que vous voyez, là.

La boîte blanche. Je ne rêvais donc pas. Elle est suspendue en l'air, loin au-dessus de nos têtes. Mon frère tend les bras. Il saute de joie et d'impatience sans parvenir à la toucher. Le grincement de ferraille d'une poulie engagée dans une lutte à mort contre la rouille envahit la cave pendant que la boîte descend avec une lenteur hypnotique propre à nous faire saliver. Dès qu'elle se pose à terre, un rayon lumineux, d'une blancheur éblouissante, l'éclaire comme une star sur un podium. Mon frère applaudit. Il en faut peu pour le séduire. Moi, j'essaye de résister aux poussées d'adrénaline qui font bouillir mon sang.

— A-o ! A-o ! s'écrie mon frère.

Carrée, en carton épais, d'une belle contenance, on dirait bien une boîte de gâteaux. Mon frère a le coup d'œil pour tout ce qui peut remplir l'estomac, avec une appétence particulière pour le sucré.

Le masque lance sur un ton festif :

— Votre gâteau d'anniversaire ! En attendant le cadeau. Vous n'avez pas oublié ?

Au centre de cette cave grise, sur cette terre sèche et froide, la boîte étincelle. Un vrai bijou. Mon frère se précipite. Il la saisit, la retourne dans tous les sens. Il grimace, grogne, grince des dents. Une écume blanche mousse aux commissures de ses lèvres. Je reconnais cette réaction, prélude à la fureur, quand il est confronté à la frustration. Dans ces moments, maman me lance, avant de se réfugier dans sa chambre : « Trouve quelque chose pour le calmer, il va tout casser. »

Ici, il n'y a rien à casser, sinon cette machine démoniaque qui produit cette sonorité criarde qui n'en finit pas. Le visage hagard, mon frère me montre ce qui suscite sa déception et qui m'était invisible jusque-là. Un treillis métallique, serré, très serré, court tout autour de la boîte. Je tâte les parois. Le grillage est solide. Sans outils, impossible de le sectionner. Mon frère est du genre tenace. Fébrile, il cherche une ouverture. Ses doigts sont trop épais pour s'insérer entre les mailles d'acier. Il plaque son visage contre la boîte, l'explore de ses yeux avides, millimètre par millimètre.

J'ai envie de lui dire : Laisse tomber. Le mec là-haut joue au chat et à la souris avec nous. Il nous appâte pour qu'on en bave davantage. Et nous mourrons ici. Cette cave, c'est notre tombe.

Je m'assois dans un coin. Je ne dis rien. Je n'ai pas le droit de lui enlever l'espoir qui le tient. Si maman était là, elle me répéterait : « prends exemple sur ton frère. Ce n'est pas une lumière, mais il déborde d'optimisme, lui ! »

Lui ! Encore lui. Toujours lui !

— Oué !

Le cri de mon frère claque et se répercute de mur en mur dans une sarabande débridée.

— Oué ! Oué !

Je bondis sur mes pieds. C'est pas vrai ! Il a trouvé ! Il a trouvé ! Il m'étonnera toujours.

Une immense clameur, digne d'un championnat du monde de foot, tombe de la lucarne et accompagne son cri de victoire. Tout excité, il me montre une minuscule serrure dissimulée dans le grillage. Ses yeux brillent d'un éclat fiévreux.

— A-é ? U-a-a-é ?

— Si j'ai la clé ?

— A-é ? A-é ?

Depuis toujours, je trouve les solutions aux problèmes qui tourmentent mon frère. Pour lui, je possède la clé. Il ne peut en être autrement. Je secoue la tête.

— A-a-é ?

— Non, je n'ai pas la clé...

Il comprend, pose la boîte au sol, baisse les yeux. Je suis surpris de le voir se résigner aussi vite. D'habitude, il laisse éclater sa colère jusqu'à tomber d'épuisement, face contre terre, le corps agité de soubresauts. Les traits tirés, il ressemble soudain à un petit vieux au bout du rouleau. D'un geste las, il désigne, tour à tour, la boîte scellée et son ventre affamé.

— É-in !

Je me tourne vers la lucarne. Le masque arbore un sourire maléfique. Je m'ébroue. Les hallucinations me guettent. Je dois garder mon calme.

— Eh ! Vous ! Là-haut ! Vous êtes content ? Vous vous marrez bien ? Vous prenez votre pied à nous voir souffrir ! Mon frère ne va pas tenir le coup. Laissez-nous partir. Vous avez assez joué !

Le rire narquois fuse. Il s'éparpille et nous percute avec la force d'une volée de grêlons. La boîte, elle-même, semble secouée d'un ricanement moqueur.

— Bravo ! Vous avez deviné. Il s'agit bien d'un jeu. Vous sortirez quand vous aurez gagné. Si vous gagnez, bien entendu. Les règles sont simples. Demandez et il vous sera donné.

J'ai déjà entendu cette phrase. C'est une des formules toutes faites de maman. Je comprends qu'il ne faut pas contrarier le masque. Il faut jouer le jeu. Faire semblant. Je prends ma voix la plus neutre :

— Je demande la clé du grillage qui entoure la boîte.

— La clé ? Mais bien sûr ! Où avais-je la tête ? Elle est là, sous vos pieds.

— Où, sous nos pieds ?

— Sous la terre. Faites un effort quand même. C'était facile à deviner !
— Elle est enterrée ?
— Bonne pioche !
— À quel endroit ?

Le masque se retire. Un sifflement, perché sur une pointe d'épingle, du genre à briser un verre de cristal, s'élève vers un aigu situé dans une autre dimension. Par contraste, la voix, soudain caverneuse, semble émerger d'une fosse profonde. L'image d'une tombe s'allume dans ma tête.

— Cherchez et vous trouverez…

À quatre pattes sur le sol, mon frère gratte le sol. Ses doigts creusent avec l'acharnement d'un ventre affamé. Du sang coule de ses ongles arrachés. Il est comme un chien fou sur la piste d'un os de mammouth. Avec la force d'un géant, il retourne la terre sèche et dure. Il la fouille, la laboure. Ses vêtements, son visage sont maculés. Les yeux exorbités, il rampe en grognant.

Je le laisse faire. Rien ne l'arrête quand il a le ventre vide.

Je refuse de participer à cette mascarade, car c'en est une. Je le sens. Aucune clé n'est enterrée. J'en suis certain. Le masque se fout de nous. Il prend plaisir à nous humilier. Que nous veut-il ? Qui est-il ? Pourquoi s'en prendre à nous ?

Couché face contre terre, mon frère hoquette de douleur.

« Il est comme un bébé, quand il a faim, dit maman. Il faut qu'il mange, tu comprends ? Arrange-toi pour avoir toujours de la nourriture à portée de main. »

Je hurle en direction de la lucarne :
— C'est bientôt fini ? Il n'y a pas de clé enterrée.

Mon frère a tout retourné. Il va devenir fou s'il ne mange pas.

Le masque se penche. Il oscille de haut en bas.

— Qui vous a dit que la clé est enterrée ?

Oh ! Que j'aimerais tenir ce salaud entre mes mains. Je lui arracherais les yeux, la langue, les oreilles. Je l'éventrerai et donnerai son cœur à bouffer aux chats du quartier.

— C'est vous ! Vous le savez bien !

— Moi ? Désolé. Je me suis trompé. Attendez... D'habitude, la clé est dans ma poche. Il suffit que je l'attrape. Mes poches sont profondes. Je n'ai pas le bras assez long. Ah ! Voilà ! Je l'ai.

— Et vous nous avez laissés chercher pour rien. Quel genre d'homme êtes-vous ? Pourquoi en avez-vous après nous ?

— Trop de questions nuit à la découverte du sens.

— Le sens ? Quel sens ?

— Vous la voulez cette clé ou pas ?

Je ne sais quoi répondre. Je suis embarqué dans un jeu dont j'ignore les règles.

Le masque tend la main à travers la lucarne. J'aperçois briller un objet métallique. La clé ? Je n'ose l'espérer. Mon cœur bat au bout de mes doigts au rythme du criaillement qui pousse sa plainte suraigüe. Même rythme. Même pulsation. Synchronisation parfaite. À croire que je suis connecté à cette machine infernale qui essore mes nerfs auditifs comme de vulgaires torchons.

— Vous ne répondez pas ?

Je suis trop épouvanté pour prononcer le moindre mot. On n'entend que le grincement ferrailleux qui perce nos crânes.

— Vous ne répondez toujours pas ? répète la voix impatiente.

Une éponge imbibée d'eau gonfle dans ma gorge. Impossible de respirer, de parler.

— Je vois, s'irrite le masque. Eh bien, puisque vous refusez de répondre…

Je m'attends au pire. Tout à coup, le silence nous enveloppe de couches superposées d'ouate épaisse. Plus de bruit, plus de ferraillement rouillé, plus d'aigus à pointe d'aiguille. Mon frère, effrayé, se serre contre moi. Je me dis que c'est la fin. Une rumeur sourde commence à monter. Des éclats de lumière jaillissent du plafond comme des rafales de mitraillettes. Le grondement s'amplifie et soudain… une salve d'applaudissements retentit, accompagnée de cris de joie. La voix s'époumone sur un ton victorieux.

— C'est incroyable ! C'est la bonne réponse ! La non-réponse ! La bonne réponse ! Bravo ! Bravissimo ! Attrapez !

La clé franchit l'espace. D'un bond, mon frère la harponne avant qu'elle touche terre. Pas grand-chose dans le crâne, mais question réflexe, il assure, le frangin.

Le masque est secoué d'un rire qui me fait dresser les cheveux, retourne mon estomac, noue mes intestins avec du fil de fer barbelé.

Mon frère engage la clé dans la serrure. Un tour suffit. La grille métallique s'ouvre. Mon frère psalmodie :

— A-o ! A-o !

Un filet de bave coule de ses lèvres. Il s'assoit, me tourne le dos, pose la boîte sur ses genoux.

Je regarde son dos large, ses épaules de catcheur, sa

tête penchée. J'imagine ses mains affairées autour de la boîte. J'entends ses grognements d'excitation. J'entends le craquement de la boîte, démantelée à la hâte.

J'aimerais me réjouir avec lui. Quelque chose me dit que c'est trop simple. Un long gémissement résonne alors. Une plainte insoutenable que les murs se renvoient avec fracas. La tête plongée dans la boîte, mon frère hurle à la mort et le rire du masque nous submerge avec la virulence d'une douche glacée.

J'accours vers mon frère. Adossé au mur, il se balance d'avant en arrière. Le regard vitreux, la langue pendante, il ramasse des poignées de terre et l'étale sur son visage livide. À chaque oscillation, il projette sa tête contre le mur. Chaque choc est ponctué d'un han de bûcheron. C'est la crise que je redoutais. La cave vibre des secousses qui se répètent avec la régularité d'un métronome.

J'enroule mes bras autour de lui. Je place une main à l'arrière de son crâne. À chaque coup, ma peau éclate, mes phalanges hurlent, mes os craquent. Je le serre aussi fort que je peux. Je me transforme en camisole de force humaine. Dans ma tête en feu, j'entends la voix de maman : « tu dois le protéger. Il est incapable de le faire lui-même. »

Je ne sais combien de temps s'écoule ainsi. La fatigue a raison de mon frère. Le balancement ralentit, puis cesse. Je l'aide à se coucher. Dans un rugissement de fauve blessé, il se roule en boule et plonge dans un sommeil proche du coma.

Dans la cave, le silence suinte des murs, court sur le sol, s'accroche au plafond. Je reprends peu à peu ma respiration. J'enroule ma chemise autour de ma main ensanglantée.

Mon regard s'arrête sur ce qui a causé la souffrance de mon frère. La boîte qu'il attendait, dont il se délectait à l'avance. La boîte qu'il a démantelée avec impatience et espoir. La boîte qui aurait pu éviter la crise. La boîte est vide. Le masque nous a bien eus.

À mon tour, je me couche tout contre mon frère. Moi aussi en position fœtale. Comme nous étions dans le ventre de maman que nous n'aurions jamais dû quitter. Je ferme les yeux. Il n'y a plus rien à espérer.

Le vantail de la lucarne recommence son manège. Il ouvre sa gueule d'animal, la referme, l'ouvre, à nouveau, en poussant son cri de ferraille rouillée. Je parviens à m'en abstraire. À force d'habitude, tout devient supportable. Je sens le froid m'engourdir, vider ma tête, anesthésier mes plaies, mes peurs, mes regrets. Je vois les murs glisser sans bruit et disparaître. La cave s'évapore. La lucarne se fond dans l'atmosphère. À mes pieds, une mer turquoise caresse une plage blonde. Des mouettes planent au-dessus des vagues dansantes. Leurs rires saccadés rebondissent sur le ciel ouvert.

Je connais ce rire. Il s'insinue au plus profond de mes oreilles. Il me perfore jusqu'à la moelle. J'enfouis ma tête entre mes bras. En vain. Les murs se dressent à nouveau autour de nous. À travers la lucarne, le masque nous observe de ses yeux invisibles. Sa voix s'introduit, insidieuse, dans mon cerveau embrumé.

— La boîte est vide ? Comme c'est dommage. Ce doit être les rats. Ils pullulent dans la cave.

À quoi bon répondre ?

— Allez, vous laissez pas abattre. Vous voulez sortir d'ici, non ? Alors du nerf ! Je suis là pour vous aider.

Pure manipulation de la part d'un être malfaisant.

Mais la tentation est grande de le croire.

— Si, si ! Je vais vous aider à vous faire la belle. Je n'attends pas de remerciements de votre part. À votre âge, l'ingratitude est une seconde nature. Allez, levez-vous. Vous avez passé avec succès les épreuves précédentes. Lesquelles ? Ne perdez pas de temps en questions inutiles. Croyez-moi. C'est le plus important. Levez-vous.

Je me tourne contre le mur. Je serre les dents pour ne pas pleurer, pour ne pas offrir mon accablement en cadeau à ce détraqué.

— LEVEZ-VOUS !

Une décharge me traverse. Je ne sais s'il s'agit d'un réflexe dû à l'instinct de survie ou si un câble électrique court sous la terre.

Mon frère dort toujours. Pour lui, le temps s'est arrêté. Après une crise, il peut s'abstraire ainsi, étranger au monde, loin des tristes et cruelles réalités des gens ordinaires, loin de nos efforts dérisoires pour survivre malgré tout.

« Qui sait ? dit maman. Il est peut-être plus heureux que nous… »

Je prends appui sur le mur pour me lever. Mes jambes flageolent. Dans ma tête, une petite voix me conseille de ne pas contrarier le masque. Obéir est, pour l'instant, l'option la moins dangereuse. Je réponds la gorge étranglée :

— Voilà. Je suis debout. Je suis mort de fatigue. J'ai faim. J'ai froid. Nous sommes à votre merci. Que voulez-vous ?

— Je vous l'ai dit. Mais vous n'écoutez pas. Je veux vous aider.

— Et je devrais vous croire ? Je ne sais comment

vous vous y êtes pris pour nous enfermer dans cette cave. Vous avez volé nos papiers. Nos vêtements tombent en lambeaux. J'avais des médicaments pour mon frère, en cas de crise…

— Rien de tel que le sommeil pour se remettre d'aplomb. Votre frangin s'en sort plutôt bien, vous ne trouvez pas ?

— Et mon téléphone ? Qu'en avez-vous fait ?

— Gadget superflu. Nous sommes dans une zone blanche, quasi désertique. Ignorée des réseaux.

— C'est pour cette raison que vous nous avez dépouillés de nos chaussures ?

— Ah ! Enfin ! De l'humour. Je commençais à désespérer. En fait, vous devriez plutôt vous interroger sur l'absence de vos chaussettes.

Je ne peux m'empêcher de lâcher un pauvre rire grinçant :

— Des chaussettes achetées en solde, au supermarché, et sans doute pas à votre taille. Qu'est-ce que vous allez en faire ?

— Vous le saurez bientôt. Mais je vous invite à y réfléchir.

Je secoue la tête et me laisse tomber à terre. Le masque insiste d'une voix professorale :

— Croyez-moi. Vos chaussettes ont un pouvoir que vous ignorez. Et vous le constaterez, vous-même, dans pas longtemps… quand vous recevrez votre cadeau.

Un bâillement profond annonce le réveil de mon frère.

— é-in…

— Désolé, frérot. Il n'y a rien à manger.

Il se met à tourner dans la cave, grogne, donne des coups de pied dans les murs. S'arrête devant moi, la tête penchée sur le côté, le regard craintif, au bord des larmes.

— Ou-i ?

Je le fixe interloqué. Je ne suis pas sûr de comprendre. Je ne veux pas comprendre.

— Qu'est-ce que tu racontes ?

— Ou-i ?

Devant mon visage faussement rassurant, il se laisse tomber de tout son long, bras et jambes écartés, immobile. J'avais bien compris.

— Mourir ? Tu demandes si nous allons mourir, c'est ça ?

Le masque apparaît alors et s'exclame d'une voix enjouée :

— Mais non, mais non, grâce à vos chaussettes, tout va s'arranger.

Mon frère me montre ses pieds nus, couverts de terre. Les miens ne valent pas mieux.

Je m'assois à ses côtés. Je grommelle sans lever la tête.

— Ce ne sont pas nos chaussettes qui nous nourriront.

Une salve d'applaudissements retentit, accompagnée de cris de joie et de roulements de tambour. Mon frère fixe la lucarne d'un air, à la fois surpris et admiratif. Il a toujours aimé le son du tambour.

— Vous voyez, poursuit le masque. Tout le monde est d'accord avec vous.

Je ne réponds pas. Mon frère pétrit des boulettes de terre. Il m'en donne une. En met une autre dans sa bouche et la mastique comme un chewing-gum. Je devrais le lui interdire. À quoi bon ? Si ça peut calmer sa faim et éviter une autre crise.

Le vantail de la lucarne émet une longue plainte. Le masque prend un ton autoritaire.

— Ça y est. Nous sommes arrivés à la dernière étape de notre jeu.

Je ricane.

— Vous appelez ça un jeu ?

— Il va falloir mériter votre cadeau.

— A-o ? répète mon frère, plein d'espoir.

Je suis obligé de rectifier.

— Cadeau, pas gâteau. Désolé.

— Vous êtes prêt ? lance la voix, sur un roulement de tambour.

Je me redresse, comme si une chance s'offrait, à l'évidence illusoire, mais qu'importe.

— Prêt à quoi ?

Le gros rire retentit à nouveau.

— À sortir d'ici, voyons. Je vais finir par croire que vous vous plaisez dans cette cave.

Mon frère se lève, à son tour.

— O-i ?

— Sortir, oui. Vous avez bien entendu, répond le masque.

— C'est un piège, frérot. Ne l'écoute pas.

— Il n'y a pas de piège, s'offusque le masque. Il vous faut juste réfléchir.

— À quoi ?

— À la façon de sortir d'ici, de vous barrer, vous tirer, foutre le camp... C'est simple, non ?

Mon frère me fixe, le visage tendu. Je lis, dans ses yeux, une imploration muette. Pour lui, il est évident que s'il existe un moyen de sortir de la cave, je le trouverai. Je suis le tiroir aux solutions. Depuis toujours, je détiens le pouvoir de résoudre les problèmes les plus ardus. Il est facile d'éblouir un cerveau de deux ans d'âge mental. Mais, ici, je crains de le décevoir.

Je secoue la tête.

— Comment voulez-vous qu'on sorte ?

— Cherchez et vous trouverez.

Malgré moi, une bouffée d'espoir me fait frissonner. J'ignore pourquoi nous sommes ici, sous la domination d'un masque moqueur, mais j'ai envie d'y croire. Je demande, comme une prière :

— Il y a un passage secret, caché dans les murs ? C'est ça ?

Le masque rit. Il me semble percevoir une pointe de bienveillance dans sa voix. C'est nouveau. Je me fais peut-être des idées. Mais pourquoi pas ? Nous n'avons rien fait de mal.

— Je n'ai pas le droit de vous répondre. Mais j'affirme que la sortie existe. À vous de jouer.

Le crissement de ferraille rouillée résonne à nouveau. Je crie d'une voix éperdue :

— ATTENDEZ ! Donnez-nous un indice, au moins !

Seul le vantail de la lucarne répond en criaillant de plus belle.

Je tombe à genoux :

— S'il vous plaît…

Je sens les doigts de mon frère sur mon visage. Il essuie mes larmes.

— A-e-é…

— Pas pleurer… facile à dire. On va crever ici.

— A-e-é, e-i-è.

C'est rare qu'il m'appelle petit frère. Rare que les

situations soient inversées.

« Un jour, c'est lui qui t'aidera, qui sait ? » dit maman quand je râle de traîner ce boulet, partout avec moi.

Le vantail cesse sa plainte. Le masque revient, la voix doucereuse.

— Vous avez trouvé ?

Je hausse les épaules. Mon frère fait comme moi.

— Trouvé quoi ?

— La sortie, voyons ! Vous y mettez vraiment de la mauvaise volonté.

— Très drôle ! Il n'y a ni porte ni fenêtre !

— Vous avez des yeux et vous ne voyez pas.

— Quoi ?

— La lucarne ! Je vous aide là.

La lucarne ! Bien sûr. Seule issue pour quitter ce trou à rat. Comment n'y ai-je pas pensé ?

— On n'a rien pour l'atteindre. C'est dingue votre truc !

— Cherchez, vous trouverez. Sinon…

— Sinon quoi ?

Le masque disparaît. La lucarne est à plus de quatre mètres de haut. En plein milieu du plafond. Nous nous mettons à tâter les murs, le sol, à la recherche d'une échelle, d'un escabeau, insérés quelque part, d'un bouton, qui ferait descendre de la lucarne une corde à nœuds, un escalier pliant, une planche qui nous permettraient de grimper ?

Rien ! Nous ne trouvons rien. Et le bruit de ferraille, là-haut, ressemble de plus en plus au ricanement d'une sorcière heureuse de persécuter les imbéciles qui tombent dans ses filets.

Le tambour roule, à nouveau. Je pense à celui qui

retentit, au cirque, au moment où le trapéziste se lance dans le vide pour un triple saut périlleux. Le masque reprend la parole sur un ton qui me donne la chair de poule. Sa voix est presque larmoyante.

— Je suis désolé, les jumeaux, c'est l'heure.
— L'heure de quoi ?
— E-e-a ?
— Vous connaissez la règle du jeu ?

Mon cœur cogne dans ma poitrine, jusqu'au bout des doigts.

— Quelle règle ? Quel jeu ?
— Il vous reste dix minutes.

Mes mains sont moites.

— Quoi dix minutes ? Qu'est-ce que ça veut dire ?

Je n'ose comprendre.

— Vous avez dix minutes pour sortir. Ensuite, la lucarne sera condamnée.
— Mais c'est impossible !
— Neuf minutes…

Le masque disparaît. Le silence se referme sur nous comme une nasse. Je déglutis avec peine. Mon frère plonge ses yeux globuleux dans les miens. Sa grimace reflète ses efforts pour déchiffrer le tragique de la situation. La gorge serrée, je lui adresse un sourire que j'espère rassurant.

« Il est si sensible, dit maman. »

Une petite boîte descend de la lucarne au bout d'une corde. À l'intérieur, je trouve un chronomètre et une note : huit minutes !

Je me mets à tourner en rond. Mon frère tape sur les murs, à coups de pied, à coups de poing. Il hurle, gronde, rugit. J'ai l'habitude.

« Il faut bien qu'il s'exprime, soupire maman qui lui

passe tout. »

Mais là, dans ce sous-sol hostile où les sons se répercutent et s'amplifient de mur en mur, mes tympans frôlent l'explosion. Je me retiens de lui ordonner de se taire. Il se mettrait à pleurer et maman m'accuserait de manquer de patience. J'essaye de réfléchir. Ma tête est pleine d'un vide qui s'étend comme une tache d'encre sur un buvard.

Je jette un œil sur le chronomètre : Plus que quatre minutes.

Je crie :

— Oh ! Là-haut ! C'est une blague ! Laissez-nous sortir !

Le masque apparaît. Une main pend sous le vasistas. Elle tient un objet.

— Vous voyez la chaussette ?

Mon frère éclate de rire. D'un doigt il désigne la chaussette, puis ses pieds nus, puis la chaussette, puis ses pieds nus… Moi, je ne ris pas.

— Malgré le petit pois qu'il a dans le crâne, votre frère a compris.

— Compris quoi ?

— Que vous devez attraper la chaussette pour sortir ! C'est le règlement.

Me vient le souvenir de manèges où il faut décrocher une peluche pour gagner un tour gratuit. Je perdais souvent. Les rares fois où la chance me souriait, j'offrais le ticket à mon frère.

« Je suis fière de toi, me félicitait maman. »

Plus que deux minutes…

— Vous vous foutez de nous. Pour l'attraper, il faut grimper là-haut ! Et c'est impossible !

— À vingt ans, rien n'est impossible ! Demandez à

votre frère.

Mon frère me fixe en hochant la tête. Ses yeux sont humides. Un filet de bave coule de ses lèvres entrouvertes. Il prend mon visage dans ses grosses mains, claque un baiser mouillé sur mon front et s'accroupit.

— Vous voyez ? Le plus futé des deux n'est pas celui qu'on croit.

J'hésite. Le chronomètre tourne. Mon frère me prend les mains d'un geste catégorique, accompagné d'un grognement menaçant.

Debout, en équilibre sur ses épaules, j'arrive à la hauteur de la lucarne. Une senteur d'herbe coupée m'emplit les narines. Devant moi, un champ de blé, parsemé de coquelicots, s'étale à l'infini. J'attrape la chaussette. L'homme la retient. Il ôte son masque.

Dessous, il en porte un autre, de clown triste.

— Vous recevrez la deuxième quand vous serez à l'extérieur. Donnez-moi la main.

— Mais… mon frère…

— Il n'y a qu'une paire de chaussettes. L'autre a disparu. Et il ne vous reste plus qu'une minute.

— Vous voulez dire ?...

— Sans chaussettes, vous ne pouvez pas sortir.

— Mon frère…

— Une seule paire de chaussettes. La dernière. Dépêchez-vous. Trente secondes.

L'homme ponctue ses paroles d'un mouvement de tête fataliste. Sous le masque, j'imagine un employé modèle, simple exécutant, qu'on ne pourrait accuser ni de laxisme ni d'excès de zèle. Il m'a exposé le problème et proposé la solution. C'est à moi de choisir, et vite. J'entends mon frère grogner. Ses épaules tremblent sous mon poids.

— Et après ?

— Après ? La lucarne disparaîtra sous deux mètres de terre. C'est le règlement.

La tête me tourne. Je frissonne. Une sueur froide glisse le long de ma colonne vertébrale. Je m'agrippe à la chaussette.

— Écoutez. Mon frère et moi, nous sommes nés en même temps. Nous avons grandi ensemble. Il a besoin de moi. J'ignore comment nous nous sommes retrouvés ici. Nous devons sortir ensemble.

— Quinze secondes.

Je chuchote :

— C'est injuste. C'est inhumain.

— Cinq secondes.

Les yeux brouillés de larmes, je me sens propulsé vers le haut, hissé à bout de bras par mon frère qui pousse un cri, de victoire ou de douleur, je ne sais pas.

Je traverse la lucarne. Une bouffée de printemps me saute au visage. Le plein soleil de midi me fait cligner des paupières.

Une voix murmure à mon oreille :

— Vous êtes libre. C'est votre cadeau.

Un cultivateur m'a trouvé, dans la soirée. J'étais évanoui dans un fossé, en lisière d'un champ de blé.

La police m'a interrogé.

— Où étiez-vous ? Où est votre frère ?

Je n'en savais rien. Je n'en sais toujours rien. Et c'est la stricte vérité.

À l'hôpital, les médecins ont diagnostiqué une amnésie sévère, fréquente en cas de stress post-traumatique.

C'est utile quand on veut oublier.

Pour ma mère, les choses sont claires et confirment ses soupçons : mon frère, sous son allure originale, était un extra-terrestre envoyé sur la Terre pour une mission secrète. Sa mission accomplie, il est rentré chez lui. C'est évident, non ?

Personne n'a osé la contredire.

J'ai un secret. Je n'en parle pas, sinon ce ne serait plus un secret. Mon frère vient me visiter chaque nuit dans mes rêves. Il prétend qu'il est devenu expert en chaussettes. Je crois qu'il se moque de moi. Je me demande s'il n'en a pas toujours été ainsi. Sous ses apparences de gosse paumé dans un corps d'adulte, il devait en savoir plus que nous dans bien des domaines.

Parfois, il me manque. Pourtant, je devrais me sentir libre. Plus de boulet à traîner.

« La liberté, c'est bien, à condition d'en faire bon usage », dit maman.

J'ai trouvé une boulette de terre dans ma poche. Je l'ai mise dans un sachet transparent. Ça me rappelle quelque chose, mais je ne me souviens plus quoi. Je préfère ne pas savoir.

« On n'est pas obligé de tout savoir, dit maman. Le mystère, c'est bien aussi. »

Alors, je cultive le mystère comme d'autres les tomates ou les carottes. Je récolte des tas d'idées saugrenues que je traite avec la plus grande déférence. Une fois qu'elles ont germé, je les range dans des cases préformées quelque part dans ma mémoire. J'engrange des souvenirs pour plus tard, quand il reviendra. Ça fait passer le temps. Et du temps, dans ma chambre, devant le lit vide de mon frère, j'en ai à ne savoir qu'en faire.

Rencontre dans un jardin

Équinoxe d'automne. Un des deux moments de l'année où la durée du jour égale celle de la nuit. Un de ces instants vertigineux où le temps s'arrête en équilibre sur le fil des heures.

En ce matin du vingt-deux septembre, le square est désert. Un voile de nuages compact recouvre le ciel d'une grisaille de souris perlière. Le vent paresseux berce les arbres, agite la balançoire, se couche dans le bac à sable, fait vibrer le tourniquet, secoue les feuilles, aux reflets déjà roux, encore suspendues aux branches, balaye le sol poussiéreux, se glisse à travers les barreaux de la grille, disparaît, revient. Mais il se lasse vite. C'est un jour triste, même pour un petit vent qui préférerait renverser un chapeau, ébouriffer des cheveux, retrousser une robe, gonfler les voiles des bateaux sur le bassin.

L'homme est le premier à entrer dans le square. Il a attendu un long moment dans sa voiture, les yeux rivés sur le portillon. Arriver en avance fait partie de sa stratégie. Repérer les lieux. Observer. Noter. Enregistrer. Sa mémoire est un vaste jardin. Plantes anciennes, nouvelles, connues et inconnues y poussent en toute liberté. Leurs racines plongent loin dans ses souvenirs. Le futur est inscrit au bout de ses doigts où se dessinent des nervures, des fleurs et des fruits. S'il était un arbre, l'homme serait un Ginkgo biloba, le plus vieil arbre vivant sur Terre.

Épaules larges, silhouette massive coiffée d'un chapeau de feutre gris, costume, cravate, chaussures cirées, il arpente l'allée d'un pas régulier. Ses souliers résonnent sur le gravier, écrasent les premières feuilles mortes, se couvrent de la poussière du chemin. Voilà longtemps qu'il n'est pas revenu. Les arbustes d'hier ont grandi. Aujourd'hui, ils se déploient sur plusieurs mètres de haut, à la conquête de la lumière.

À l'inverse, le square a rétréci. Jadis, cet espace de verdure était un immense terrain de jeu. C'est devenu un simple jardin d'enfants. Mais la magie, réservée seulement aux rêveurs, continue d'imprégner le lieu. Et l'homme en est heureux. Devant lui, un marronnier centenaire ouvre grand ses bras. L'inscription sur le tronc est encore visible, aussi fraîche que s'il venait de la creuser : *22 septembre*. L'homme seul en connaît le sens. En silence, il adresse quelques mots au vieil arbre, confident de son enfance. Le front posé contre l'écorce écaillée où se marient le rouge et le brun, il l'enlace, l'étreint, avec le respect et la joie que l'on témoigne à un ami retrouvé.

L'homme s'approche d'un banc. S'accroupit. Recherche ses initiales gravées sous l'assise en bois coloré. Autrefois, il se glissait dessous. Cachette personnelle qu'aucun enfant ne lui disputait, non par crainte de recevoir un mauvais coup, mais pour ne pas se frotter à la peine qui sourdait de son visage. Respect du besoin de solitude, de retrait. C'est son banc. Identique à son souvenir. La nouvelle couche de peinture n'a pas rempli les creux, entailles et scarifications qu'il lui infligeait, de la pointe de son canif, les jours de colère. Cela est sans importance, à présent.

L'homme s'assoit. Il observe la maison, de l'autre côté du square, face à lui. Modeste bicoque plantée sur un minuscule jardin. Paupières plissées, il laisse venir à lui les souvenirs. Le mari, la femme et leur garçon y vivent. La salle à manger, qui sert aussi de salon, est au rez-de-chaussée. Une porte mène à la cuisine, au bout du couloir. Les chambres et la salle de bains sont à l'étage. On y accède par un escalier droit, tout en métal, aux marches hautes. Le père est chauffeur de taxi. Toujours prêt à raconter des anecdotes sulfureuses à propos de ses clients. Bricoleur du dimanche, le garage est son domaine. La mère est infirmière à l'hôpital. Travaille souvent la nuit. Ramène à la maison des odeurs d'éther, de médicaments et de fatigue. Parfois, elle s'occupe du jardin, à peine ensoleillé. Un carré de pelouse, deux ou trois parterres fleuris, un petit potager. Le garçon a dix ans. Renfermé, boudeur, adepte de l'école buissonnière, il traîne d'ordinaire dans le bois, à la sortie du village. Il redoublera le CM2. Tant pis pour le collège. Il s'en moque. Sa tête est trop encombrée pour s'intéresser à autre chose qu'à ce qui le harcèle et l'empêche de dormir.

L'homme regarde sa montre. C'est bientôt l'heure. Une tape amicale sur le dossier du banc et il reprend sa marche. Emprunte une allée parallèle et s'assoit sur un autre banc, dos à la maison. L'enfant ne va pas tarder.

Une onde nostalgique le fait frissonner. Il n'est pourtant pas du genre à ruminer ni regretter. Seule l'action a du sens. Aller de l'avant a toujours été sa ligne de conduite. Foncer sans regarder derrière soi est sa devise. Mais ce matin, malgré lui, à ce moment précis, les souvenirs l'assaillent. Fantômes en maraude, ils surgissent avec leur lot d'amertume, de peur et de rage. Les temps d'hier et d'aujourd'hui perdent leurs repères, abolissent les frontières, s'entremêlent, au point de ne plus faire qu'un, passé et présent confondus.

L'homme se tourne vers l'entrée du square. L'arrivée de l'enfant est imminente.

Le portillon grince sur ses gonds. Claque contre le muret. Rebondit. Un garçon déboule soudain. Baskets, jean, sweat, casquette au ras des sourcils sous la capuche, il court, s'arrête, se retourne. Reprend sa cavalcade, tête basse, dos rond, visage crispé. Galope jusqu'au bout du jardin. Se heurte à la grille qui s'élève tout autour. Doit-il fuir encore ? Se cacher ? Personne ne semble lancé à sa poursuite. Il est peut-être en train de rêver. Il avise un banc. Celui sur lequel l'homme était assis. À son tour, il fixe la maison de l'autre côté du square, juste en face.

L'homme chausse des lunettes noires. De sa place, il peut épier le gamin sans risque de se faire remarquer. Il le dévisage, détaille sa silhouette, scrute ses émotions. Son corps est la page d'un livre qu'il peut déchiffrer, même les yeux fermés. Il a prévu de le rejoindre. Un moment encore. La patience est une vertu. Ne rien forcer. Ne rien brusquer. Inspirer confiance. L'enfant ne doit pas se méfier.

Le garçon, obnubilé par la maison, ignore la présence de l'homme. Il attend. Quelque chose va se passer. Quelque chose qui le concerne. Quelque chose d'important. D'unique. On ne peut changer le cours des choses. Sauf dans les rêves, si on les quitte à temps. Ses rêves ressemblent à des cauchemars. Réveil en sursaut à n'importe quelle heure de la nuit. Vérifier la fermeture de la porte. S'assurer que personne ne se cache derrière. Sortir sur le palier. Scruter les ombres. Se pencher dans l'escalier. Écouter les respirations, ronflements, soupirs, qui viennent de la chambre voisine. Le médecin a donné des gouttes à prendre le soir. Rien que des plantes. Ça t'aidera à dormir, dit la mère.

Le hurlement d'une ambulance déchire la somnolence des arbres. Un groupe de mésanges charbonnières s'égaye sur les branches. Un chat vagabond se réfugie sous un banc. L'enfant se tend comme la corde d'un arc. L'homme regarde sa montre. Le véhicule du SAMU est à l'heure. Il freine devant la maison. Les éclairs bleutés du gyrophare ricochent sur les vitres avec la force de cailloux lancés à toute volée. Des blouses blanches jaillissent, se précipitent, bousculent quelques curieux figés sur le trottoir. Le garçon se hisse sur la pointe des pieds. Un massif de lauriers lui masque en partie la vue. Il voudrait savoir. Il devine. Il n'en est pas sûr. Il résiste à la tentation d'aller jusqu'à la maison. Il se rassoit. Un mouvement incontrôlable agite ses jambes. Il porte les doigts à sa bouche. Ses ongles déjà rongés n'ont rien à lui offrir. Il attaque la pulpe à coups de dents rageurs.

Les yeux fixés sur le gyrophare tournoyant, il ne voit pas l'homme approcher. Celui-ci se fond au banc, au décor. Se rendre invisible. Ne pas effaroucher. Quand il parlera, il emploiera le timbre de voix bienveillant qui rassure les enfants.

— Tu sais ce qu'il se passe ?

Le garçon sursaute. La voix, grave, presque

murmurante, vient d'un homme assis près de lui. Surgi d'on ne sait où. Lui aussi regarde la maison. Devant la porte ouverte, on aperçoit les blouses blanches qui se déplacent. La voix s'élève à nouveau, tranquille.

« Un blessé ? Un malade ?

D'un mouvement, à peine perceptible, l'enfant s'écarte. Sa mère lui a recommandé de ne pas parler aux inconnus. De fuir s'il le faut. Il devrait partir. Il fait un geste pour se lever. Impossible de bouger. Il est collé au banc.

« Ça doit être grave, tu ne crois pas ?

Le cœur du garçon cogne dans sa poitrine. Même emballement que dans ses cauchemars. Sauf qu'il est éveillé. Qu'il fait jour. Qu'il est devant chez lui, enfin, pas loin.

« Tu habites dans le coin ? Il me semble t'avoir déjà vu.

Les muscles bandés, le garçon se prépare à fuir. Il a toujours été bon à la course. L'homme pourra tenter de le rattraper. Il n'y parviendra pas.

« C'est ta maison, en face, où s'est arrêtée l'ambulance ?

L'enfant serre les poings. Si cet homme essaye de le toucher, il lui flanquera un coup sur le nez. Là où ça fait mal. Et puis, il a son canif dans la poche.

L'homme ôte ses lunettes noires et se tourne vers lui. Visage souriant, ouvert et grave à la fois. Le garçon cligne des paupières. Ce visage ne lui est pas inconnu. Et, en même temps, il en est sûr, il ne l'a jamais vu.

« Ne t'inquiète pas, Lucas. Je ne te veux pas de mal.

Les paroles de sa mère résonnent : fais gaffe Lucas ! Ils ont toujours un air gentil, ces sales types ! Mais comment résister à la curiosité quand on a dix ans ?

— Comment vous savez mon nom ?
— Parce que je te connais.
— Comment vous me connaissez ?
— Je sais même ton âge. Dix ans, deux mois et trois jours.

Lucas se redresse. Jeune coq prêt à se battre, à se défendre. Sous la capuche, ses yeux noirs, soupçonneux, étincellent.

— Moi, je vous connais pas !

L'homme hoche la tête. Il sait les emportements du garçon, ses colères, ses entêtements. Capable de rester des heures devant une cuisse de poulet sans la toucher. C'est un morceau de cadavre. J'en veux pas. Putain de mode ! rugit le père en balançant l'assiette par terre. Un bol de légumes, au parfum de garrigue, c'est bon pour la santé, tempère la mère. Son père le lui monte dans sa chambre. Mange petit. Allez, mange… Je m'inquiète quand tu manges pas.

— Tu ne me connais pas encore, répond l'homme. On va bien s'entendre, tu verras.

Devant la maison, les blouses blanches s'affairent. Une femme les suit.

— Ils doivent le poser sur la civière, maintenant, commente l'homme.

L'enfant hoche la tête. Il a déjà vu ce genre de scène à la télé.

Les portes de l'ambulance sont ouvertes. On glisse le brancard à l'intérieur. On ferme les portes. Le moteur ronfle. La voiture démarre.

« Ils l'emmènent à l'hôpital, poursuit l'homme.

Lucas baisse la tête. Ses baskets blancs sont pleins de terre. Sa mère va encore râler. Elle râle tout le temps. Pour ça ou pour autre chose. Ça va peut-être changer maintenant. Il a quitté la maison sans dire où il allait. Droit devant. Elle va s'inquiéter. Il n'est pas parti loin. Le square, c'est tout à côté. Un jour, il était parti loin. Sans savoir où. La police l'a retrouvé. À cause du contrôleur, dans le train. Il n'avait pas de billet. Son père est venu le chercher. Il lui a flanqué une belle rouste une fois à la maison. À sa mère aussi. Et puis, il est monté dans sa chambre pour s'excuser, comme à chaque fois.

L'homme désigne l'ambulance qui s'éloigne.

« Les secours sont peut-être arrivés trop tard... Qu'est-ce que tu en penses ?

Lucas fronce les sourcils. Il s'assure qu'il peut bouger. Il est prêt à filer. Où ? Rentrer à la maison ? Pas tout de suite. Cet homme l'intrigue. Il devrait avoir peur, pourtant. À nouveau, la curiosité l'emporte.

— Pourquoi trop tard ?

— On dit que c'est trop tard quand il n'y a plus rien à faire.

— Comment vous savez qu'il n'y a plus rien à faire ?

— Je crois que tu le sais aussi.

— Moi, je sais rien.

L'homme hoche la tête. Mentir, chez l'enfant, revient à avouer une vérité insoutenable. Il faut l'apprivoiser. L'assurer qu'il ne craint rien.

— Tu sais ce qu'il lui est arrivé ?

— À qui ?

— À l'homme, dans l'ambulance.

— Pas trop, non.

— Il est tombé ?

— Je crois... Je sais pas...

— Je crois aussi. Tu es triste ?

Lucas hausse les épaules.

— Je sais pas.

— C'est ton père ?

— Comment vous savez que c'est mon père ?

— Je l'ai connu, il y a longtemps.

— Ah ? C'était votre copain ?

— Ton père n'a pas beaucoup de copains. Toi non plus, je crois ? Je me trompe ?

À l'école, les enfants ne s'approchent pas trop de Lucas. La plupart l'évitent. Lui aussi se tient à distance. Il ignore pourquoi. Les autres s'amusent à des jeux qui ne l'intéressent pas. Taper dans un ballon, c'est marrant, au début, et puis ça l'ennuie. Son père refuse de lui acheter une console. C'est pour les gosses de bourges. On n'est pas des bourges ! De toute façon, ça ne lui plairait pas. Rester des heures, le nez plongé sur un écran, c'est pas son truc. Il a essayé, une fois, avec Malik, le seul à lui parler. Ça allait trop vite. Il perdait tout le temps. Il préfère marcher dans les bois. Il bavarde avec les arbres, les fleurs, les oiseaux. Il imagine qu'ils lui répondent. C'est marrant. Il se couche sur l'herbe. Il aide les fourmis à transporter les miettes de pain de son goûter. Il écoute les bruits de ceux qui vont et qui viennent, là-dessous. Parfois, il se dit qu'il aimerait bien vivre sous la terre. Personne ne l'embêterait. Il serait tranquille. Il dormirait peut-être mieux que dans son lit.

La voix de l'homme le surprend. Il l'avait oublié.

— Ta mère aussi, je la connais.

— Vous travaillez à l'hôpital, avec elle ?

— Non. Je l'ai rencontrée dans d'autres circonstances.

— Qu'est-ce que ça veut dire ?

— Je t'expliquerai.

Lucas regarde dans la direction de la maison. Il hésite à se lever. Il faudra bien pourtant. Il aimerait rester encore un peu avec l'homme. Il n'a plus peur. Il ne sait pas pourquoi.

L'homme désigne le toboggan sur lequel une feuille morte s'accroche. Trois mètres de haut. Réservé aux grands.

— Ton père n'est pas seul à être tombé. Toi aussi, l'année dernière. De ce toboggan. Tu te rappelles ?

— Vous m'avez vu ?

— Tu t'es montré imprudent. Cinq points de suture…

Lucas porte la main à sa tête. Il se souvient de la chute. C'est tout. Il s'est réveillé à l'hôpital. Sa mère lui a dit qu'il avait dormi longtemps. Elle avait eu peur. Il n'avait pas eu mal. On lui avait rasé la moitié du crâne. Il aurait aimé rester à l'hôpital quelques jours de plus. Sa mère s'occupait de lui, mieux qu'à la maison. Quand il est rentré, son père a gueulé, comme d'habitude. Peut-être encore plus fort. Et puis, il est venu s'excuser. Comme d'habitude.

L'homme ôte son chapeau, le pose sur ses genoux, passe une main dans ses cheveux gris, blancs sur les tempes. Il regarde sa montre. Le temps presse.

— Tu t'en es bien sorti, cette fois-là. Tu as eu de la chance. La chance, ça va, ça vient. On n'est jamais sûr.

— C'était à cause de Malik. Il m'a poussé. Sans le faire exprès.

— Je sais.

— Je l'ai dit à personne. Malik c'était mon copain.

— Je sais.

— Il est parti. À cause qu'il est immigré.

— Il reviendra.

Lucas regarde l'homme avec intérêt. Comment peut-il savoir que Malik reviendra ? Ça serait drôlement bien. Malik, c'était son seul copain. Son seul vrai copain. Les autres, on les connaît un peu, mais pas comme un vrai copain.

— Quand est-ce qu'il reviendra ?

— Ce sera une surprise. En attendant, tu dois te préparer.

— À quoi ?

L'homme pose un regard affectueux sur Lucas. L'enfant y voit un mélange de tristesse et de bienveillance.

— Il se passe quelque chose d'important, en ce moment, dans ta maison.

La poitrine de Lucas se serre. Il devine que cet homme va lui dire des choses qu'il n'a pas envie d'entendre.

— Les policiers sont en train d'interroger ta mère.

— Pourquoi ?

— C'est la procédure, quand il y a un accident.

— C'est à cause du docteur.

— Je sais. Il a téléphoné à la police. Il était obligé.

— Pourquoi ?

— Même procédure. Il faut s'assurer que… c'est bien un accident. Tu comprends ?

Lucas écarquille les yeux. L'homme lui fait peur maintenant. C'est peut-être un sorcier. Il lit dans ses pensées. Il doit partir. Tout de suite. Et ne pas retourner à la maison. Il ne veut pas rencontrer les policiers.

— Tu crains quelque chose ?

Lucas réussit à se lever. Il s'éloigne. Tourne autour des jeux. Qu'est-ce qui l'empêche de courir ? C'est le

meilleur de la classe en gymnastique. L'homme sourit.
« Tu as peur ?
— Moi ? J'ai pas peur.
— Viens t'asseoir. Ta mère va venir te chercher.
Lucas reprend sa place sur le banc. Sans s'interroger sur ce qui le pousse à obéir à l'homme.
— Ma mère ? Elle parle aux policiers.
— Les policiers voudront t'interroger, toi aussi.
— Moi ? Mais j'ai rien fait !
L'homme pose une main sur son épaule. Une main lourde et légère à la fois. Même s'il le voulait, Lucas ne pourrait pas s'échapper. Il cligne des yeux. L'homme aussi.
— Peu importe si tu as fait ou non quelque chose. Tu comprends ?
Non. Lucas ne comprend pas. Qu'est-ce qui est important, alors ? Il a vu son père glisser dans l'escalier. Rouler comme un paquet de linge sale. Il a entendu le bruit de son crâne quand il a cogné sur les marches, plusieurs fois. Le même bruit qu'une noix qu'on casse. Avec, en plus, un son qui ressemble à un écho. Il se souvient de la drôle de position de son corps, en bas, sur le carrelage. Ça lui a fait penser à un pantin. Il se souvient du cri de sa mère. De ses yeux écarquillés. De sa voix, au téléphone. Lui, il était resté sans bouger sur le palier. Le docteur est venu. Sa mère l'a rejoint. Va dans ta chambre, il vaut mieux. Il a entendu le docteur téléphoner à la police. Il a quitté sa chambre. Il est descendu, sans regarder le corps de son père. Il a dû l'enjamber. Il ne s'en souvient plus. Et puis, il est sorti. Il a couru. Il est entré dans le square. Son lieu de rendez-vous avec Malik. Il s'est posé sur le banc. Son banc.

L'homme le fixe d'un air concentré. Le même que l'instituteur quand il dicte un texte.

— Nous sommes mercredi, aujourd'hui. Tous les mercredis matin, il se passe la même chose… tu vois de quoi je parle ? Certaines nuits aussi, quand ta mère est absente.

Lucas secoue la tête. Il ne veut pas entendre, mais il veut en même temps.

« Le mercredi, tu n'as pas école. Ton père ne travaille pas le matin. Pour te « garder » (l'homme dessine des guillemets avec ses doigts). Ta mère travaille le matin et reste avec toi l'après-midi. Mais aujourd'hui, il y a eu un problème de planning à l'hôpital. Elle est rentrée plus tôt. Tu te souviens ? C'est déjà arrivé.

— Je me souviens de rien.

— Même de ce qu'il s'est passé, avant que ton père dégringole dans l'escalier ?

Lucas secoue la tête.

— Il s'est rien passé.

— C'est pas facile, je sais.

Lucas saute sur ses pieds. Se plante devant l'homme. La main dans une poche. Le canif dans la main. Il parle, presque sans desserrer les dents.

— Il s'est rien passé ! Rien !

L'homme plisse les paupières. Il se souvient. Lui aussi manifestait la même fougue pour se défendre.

— Laisse le canif dans ta poche. Ce sera mieux.

Lucas, décontenancé, sort la main de sa poche.

— Comment vous savez ?

L'homme ouvre les yeux. Il adresse un clin d'œil au garçon.

— Je sais. Ça doit te suffire, pour l'instant. Je sais

aussi des choses que les policiers ignorent. Il n'y a que toi qui sais. Ta mère aussi, mais elle ne dira rien. Ce n'est pas maintenant qu'elle va parler. Tu comprends ?

Lucas secoue la tête. Non, parce qu'il ne comprend pas, mais il ne veut plus entendre. Cet homme a vu des choses alors qu'il n'était pas dans la maison. Personne n'était dans la maison, à part lui et sa mère. Et son père, aussi. D'habitude, sa mère est à l'hôpital le mercredi matin. Aujourd'hui, elle était à la maison. On sait jamais avec elle, quand elle travaille ou pas. À cause des horaires décalés.

« Tu avais cinq ans, la première fois. Ton père t'a rejoint dans la baignoire...

La voix de l'homme reste en suspens dans l'air au goût de métal. Lucas voit ses lèvres trembler. L'homme serre les poings. Sa voix se fait plus sourde.

« Ce matin, les choses ne se sont pas passées comme d'habitude. Quand ton père est venu dans ta chambre, tu n'étais pas dans ton lit. Tu étais caché derrière la porte. Il t'appelle. Tu ne réponds pas. Vous entendez du bruit, en bas. Ton père va sur le palier. Il ignore que c'est ta mère qui est entrée. D'habitude, elle est absente à cette heure. Tu le suis. Ton père ne voit pas ta mère. Ta mère le voit. Nu, sous sa robe de chambre entrouverte. Il pose un pied sur la première marche de l'escalier. Tu t'approches. Et, tu te souviens de Malik, sur le toboggan... L'équilibre, ça tient à un fil, des fois.

Le visage de Lucas prend la couleur de ses baskets quand elles sortent du lave-linge. Son cœur galope sur une peau de tambour prête à éclater. Sa poitrine refuse de s'ouvrir à l'air qui peut le sauver de l'étourdissement. Des décharges électriques piquent le bout de ses doigts. L'homme tend la main.

« Assis-toi. Il faut que tu récupères avant que ta mère vienne te chercher.

D'un mouvement d'automate, Lucas obéit. Son corps s'affaisse, soudain vieilli. En l'observant avec attention, on peut deviner l'adulte qui émergera du cocon de l'enfance, bien des années plus tard. Il réplique, sans grande conviction :

— Je dois rentrer. Ma mère va s'inquiéter.

— Les choses vont aller mieux avec elle, maintenant. C'est toujours ainsi quand on partage un secret.

— Elle a dit des choses à la police ?

— La vérité, c'est tout. Que ton père est tombé dans l'escalier. À l'autopsie… c'est la procédure aussi, quand il y a un accident… on va trouver de l'alcool dans son estomac. Ce sera l'explication.

— Il buvait toujours…

— En particulier, avant de te rejoindre dans ta chambre. Pour se donner du courage, sans doute ?...

L'homme frissonne, se redresse, s'éloigne en marmonnant, les mâchoires contractées, le front plissé. Les poings serrés, il cogne sur le toboggan avec la hargne d'un boxeur. Lucas croit entendre : le salaud ! Le salaud ! Il n'est pas sûr. C'est peut-être lui qui l'a dit. Ou Malik : c'est un vrai salaud ton père !

Comment cet homme sait-il cela ? C'est pire qu'un sorcier !

L'homme abandonne le toboggan. Il marche de long en large, frappe ses poings l'un contre l'autre. Lucas ne le quitte pas des yeux. Il reconnaît, dans son comportement, ses propres accès de rage. L'homme revient s'asseoir. Pose ses coudes sur ses genoux. Penche son corps en avant.

« Ne t'en fais pas. Les policiers concluront à l'accident. Tu feras semblant de pleurer à l'enterrement et ce sera fini. Ta mère se remariera avec un collègue. Un médecin. Tu pourras faire des études. Ça te va, comme programme ?

— Ma mère va voir une voyante. Vous êtes un voyant ?

L'homme se redresse. Il éclate de rire.

— Un voyant ? Pire que ça, Lucas. Pire que ça !

Le rire est contagieux. Lucas se met à rire, lui aussi. Se laisser aller, sentir son corps secoué par des cascades de plaisir, sentir la légèreté d'une vie pleine, promise à tous les possibles. À la manière d'un écureuil, le rire de Lucas sautille de branche en branche jusqu'à la cime du marronnier. Entre deux expirations saccadées, il parvient à demander :

— Qu'est-ce qui est pire qu'un voyant ?

Un voile de gravité recouvre soudain le visage de l'homme.

— Je viens d'un autre monde.

Le rire de Lucas, encore plus bruyant, disperse les nuages dans le ciel.

— Ouah ! Vous êtes un extra-terrestre ?

— Pas vraiment. Au fait, je ne me suis pas présenté. Lucas Dumont.

Lucas est pétrifié.

— Comme moi ?

— Tu comprends mieux ?

— Ben non !

— Je te laisse réfléchir. Tu sais quel boulot tu veux faire plus tard ?

— Bof ! Je sais même pas si je veux faire quelque chose.

— Te marier ?

— Bof…

— Tu te marieras pourtant. Dans quinze ans. C'est loin, tu as le temps de t'y préparer. Mais ça ne marchera pas. On n'est pas fait pour la vie de famille dans notre métier.

— Quel métier ?

— Flic ! Ça te va ?

— Flic ! Moi ?

— Tu vas adorer. Arrêter les méchants ! Tu en rêves, non ? Tu auras un pistolet aussi.

— Un vrai ?

— Tu verras, on s'y attache vite. Tu réussiras le premier concours, à dix-sept ans. Ta mère ne pourra pas refuser de t'émanciper.

— Qu'est-ce que ça veut dire ?

— Dans trente-cinq ans, tu seras nommé commissaire divisionnaire. Ça pose un homme, un titre pareil. Tiens, voilà ta mère. Toujours aussi belle. Elle changera, elle aussi. Personne n'y échappe. Tu la reverras de temps en temps. Et puis, plus du tout.

— Vous la connaissez ?

— Autant que toi. Une chose encore. Ne lui parle pas de moi.

Une femme s'approche. Petite, un peu boulotte, engoncée dans une parka bleue, les yeux rougis, un pauvre sourire sur le visage. Ses cheveux, coupés courts, sont aussi noirs que ceux de Lucas. Elle s'agenouille devant lui. Le garçon se jette dans ses bras. Elle le presse sur son cœur, à l'étouffer.

— Lucas. Mon petit. Voilà, c'est fini.

— C'est fini ?

— Je t'accompagnerai au commissariat, demain.

Des papiers à signer.

— Et papa ?

— Il a glissé dans l'escalier. Sa tête a heurté les marches. L'ambulance est arrivée trop tard. Tu comprends ? C'est un accident. On n'y peut rien.

L'homme regarde Lucas et sa mère, si proches l'un de l'autre. Lui aussi était proche de sa mère. Jusqu'au jour où elle lui a parlé :

« Une nuit, j'étais rentrée plus tôt. Je suis venue dans ta chambre pour t'embrasser. Tu étais tout petit encore. Ton père dormait avec toi. Vous étiez nus, tous les deux. Je n'ai pas compris. Je me suis enfuie, sans faire de bruit. J'ai attendu, dans la voiture, le temps de me calmer, de sécher mes larmes. J'ai téléphoné à ton père pour l'avertir de mon arrivée. À mon retour, tout était normal. Toi, dans ton lit, vêtu de ton pyjama. Ton père, dans le salon, devant la télévision. Je me suis dit que j'avais rêvé. »

Il avait seize ans. Quelques mois plus tard, il quittait la maison. Il n'a jamais pardonné.

La mère caresse les cheveux de Lucas. Elle ajoute :

— Tu peux rentrer maintenant.

Lucas regarde l'homme, immobile sur le banc, les yeux dans le vague, absent, presque transparent.

— Dans une minute, maman, une minute.

— D'accord.

La femme s'éloigne. L'homme et Lucas la suivent des yeux. Silhouette tassée, démarche lourde. Lucas se tourne vers l'homme.

— Elle vous a pas vu. Pourtant, elle était en face de vous.

— Toi seul peux me voir.

— Pourquoi ?

— Il faut avoir ton âge pour croire que l'on peut se rencontrer soi-même, trente-cinq ans plus tard. Tu comprends.

Une vibration secoue Lucas des pieds à la tête. Il se souvient avoir vu des histoires comme ça dans des films. Ça peut arriver en vrai ?

— Tu ne me crois pas ?

— Je sais pas. C'est complètement ouf !

— Regarde.

L'homme penche la tête. Écarte ses cheveux. Montre une ligne claire sur son crâne.

— Tu vois ? Les cheveux n'ont pas repoussé sur la cicatrice. Après ma chute du toboggan.

Lucas a la même marque, au même endroit. Il essaye de la masquer en ramenant ses cheveux par-dessus.

Les yeux du garçon brillent d'une lueur sauvage. Cet homme, devant lui, serait lui, plus âgé ? Qu'est-ce qu'il aimerait raconter ça à Malik.

— Tu me crois maintenant ?

— Ben... ça veut dire que vous êtes moi... et je suis vous ?...

— Voilà ! Comment tu te trouves, à mon âge ? Pas mal, non ? Exercice physique, nourriture équilibrée, un boulot passionnant, rien de tel pour bien vieillir. Bon, je dois te laisser.

— Je peux venir avec vous ?

— Nous restons en contact. Ne t'en fais pas.

— Où vous allez ?

— Il y a un pot au commissariat. On va me remettre une médaille pour mon action dans la brigade de protection des mineurs. C'est là que tu travailleras.

— Des mineurs comme moi ?

— Comme toi ! Tu possèdes déjà une sacrée

expertise dans ce domaine.

— Qu'est-ce que ça veut dire ?

— Tu trouveras les réponses plus tard. Ne t'inquiète pas.

— Je vous reverrai ?

— Je ne sais pas. Je vais être très occupé. Commissaire, ça prend du temps. Et puis, je viens de rencontrer Vanessa…

— Qui est-ce ?

— Je te réserve la surprise. Mais tu vas l'adorer !

D'un geste tendre, l'homme rabat la capuche sur le front de Lucas. Il chausse ses lunettes, pose son chapeau sur la tête. S'éloigne. Hésite. Revient sur ses pas. Grimpe sur le toboggan. Fait signe à Lucas de le rejoindre. Ensemble, ils glissent, en riant, le visage rayonnant, agrippés l'un à l'autre.

Parvenu en bas, Lucas regarde autour de lui. Tourne sur lui-même. Personne. Sauf le vieux marronnier qui sourit, les bras grands ouverts. Lucas s'approche. De la pointe de son canif, il grave sur le tronc : *22 septembre*.

La mère idéale

C'est décidé ! Je pars. Deux mois de confinement m'ont réduit à l'état de traine-savate. Trois pas pour aller de mon fauteuil à la fenêtre. Autant pour le retour. Pour finir affalé dans mon canapé devant un déluge d'images mouvantes. La télé est une amie fidèle, toujours prête à m'accompagner à n'importe quelle heure du jour ou de la nuit, à condition de garder le silence. Ne branche jamais le son, me serinait maman.

Aujourd'hui, masque sur le visage, j'ai réussi à franchir la porte, à descendre les 15 marches de l'escalier, et, après quelques minutes de débat interne, à ouvrir ma boîte aux lettres. Les bras chargés d'enveloppes en tous genres, je suis remonté en vitesse. J'ai fermé les trois verrous. J'ai attendu de reprendre mon souffle et je me suis regardé dans la glace. J'ai hésité un moment, la voix de maman dans ma tête me répétait : réfléchis avant d'agir, Saturnin. J'ai réfléchi. Je méritais bien un bon point. Sur le tableau, j'ai écrit : bravo Saturnin ! Ça peut sembler peu de choses de descendre et monter un escalier. Pas de quoi se congratuler. Il n'empêche, je suis fier d'avoir réussi cet exploit.

Parmi les multiples publicités et appels aux dons étalés sur la table, une enveloppe attire mon attention.

Le dépliant, aux couleurs de l'arc-en-ciel, est alléchant. Le titre est du genre accrocheur, mais dans le bon sens du terme :

Le Paradis, à nouveau accessible

La suite est attrayante :

Larguez les amarres, nous nous occupons du reste

Le Paradis… Depuis le temps que je rêve d'y aller. Maman m'avait promis de m'y emmener si je réussissais l'examen d'entrée au musée des feuilles pubescentes. Manque de chance, elle est tombée dans la cheminée du crématorium le jour où l'on m'a remis mon diplôme. Un problème de synchronisation sur ses nouvelles ailes. Elle venait de les recevoir et les avait endossées sans lire la notice. C'est très fréquent, m'a certifié le préposé aux fins de vie prématurées en parachutant l'urne funéraire directement sur la table du salon. Courant, peut-être, mais incompréhensible. Maman ne faisait rien à la légère et sa prudence, en toutes choses, frisait l'obsession. J'ai mis le Paradis de côté. Sans maman, le voyage ne présentait plus aucun intérêt. En tout cas, tant que ses cendres reconstituées n'auraient pas intégré le Paradis après la quarantaine obligée sur la planète Macabre 2.

Oserais-je m'y rendre sans elle ? Le confinement a conforté ma tendance asociale et amplifié mon attitude phobique vis-à-vis de mes semblables (mais le sont-ils vraiment ?). Seule maman parvenait à me sortir de l'appartement, encapuchonné dans le voile de floutage qui ne laisse deviner que les contours estompés de ma silhouette.

Sur le dépliant, une phrase scintille de façon hypnotique :

Rendez-vous à l'aéroport de téléportation. Départ toutes les heures.

Les yeux dans le vague, je vois un bandeau défiler sur l'écran du téléviseur :

Annonce pour le dénommé Saturnin : *La quarantaine de votre mère est terminée. Elle vient d'être admise au Paradis.*

Mon cœur bondit dans ma poitrine. Je me retiens pour ne pas sauter de joie. Mon voisin du dessous n'apprécierait pas et maman n'est plus là pour me protéger.

Un autre message suit :

Annonce pour tous : *Levée du confinement.*

Je m'assois et réfléchis (suivre les conseils de maman m'aide à supporter son absence). Recevoir ce dépliant qui m'invite à me rendre au Paradis où se trouve maman à présent, au moment précis où on met fin au confinement, ne peut être une coïncidence. C'est un signe ! Maman me disait : sois attentif aux signes, Saturnin. Ils savent des choses que tu ignores.

Dans la glace, j'interroge mon reflet. Il me fixe d'un œil attentif, hoche la tête et me désigne un tiroir de l'armoire. J'y retrouve les billets que maman avait achetés pour notre voyage au Paradis. Encore un signe ! Inutile de tergiverser. J'enfile mon voile de floutage, ouvre la porte, descends l'escalier et, d'un bond, saute dans la rue. Je me glisse entre les silhouettes incertaines qui déambulent au-dessus du sol. J'évite de lever les yeux vers celles munies d'ailes. Elles me feraient penser à maman et je me mettrais à pleurer. Ce qui attirerait les surveillants du Bien-Être qui chercheraient à me consoler selon les directives du *Guide du Bonheur pour Tous* et j'ai horreur de ça. Je monte dans un taxi souterrain : à l'aéroport de téléportation, s'il vous plaît. Le chauffeur androïde articule entre ses lèvres métalliques : vous allez au Paradis, je suppose. C'est la ruée, depuis que les voyages ont repris.

Une longue file de silhouettes vaporeuses s'étire devant l'entrée de l'aire de lancement. Des hôtesses sur roulettes, au visage plastiformé, la tête surmontée d'une antenne multiconnexion, circulent d'un passager à l'autre pour recueillir les données nécessaires à l'enregistrement. Leurs caméras oculaires leur permettent de traverser le voile de floutage et d'avoir accès aux informations personnelles de chacun. Destination Le Paradis, pour la plupart. Quand vient mon tour, l'angoisse me tord l'estomac. L'hôtesse me rassure. Sa voix apaisante se modèle automatiquement sur la même longueur d'onde que la mienne : Ne craignez rien. Tout se passera bien. Nous avons mis à profit le confinement pour réparer les quelques bugs qui persistaient. Devant mon air dubitatif, elle ajoute : je vois que vous en avez été victime lors de votre dernière téléportation sur la planète Macabre 2 (où j'étais allé disperser les cendres de maman). Vos cheveux se sont perdus en chemin. Cela ne se produira plus. Vous arriverez entier au Paradis. Avant de me quitter, l'hôtesse murmure à mon oreille : félicitations, votre perruque vous va très bien.

Dans la cabine de téléportation, j'ôte mon voile et mes vêtements. Une voix androgyne, à l'harmonie doucereuse, me précise que je les retrouverai à mon retour. Un cercle lumineux, aux couleurs de l'arc-en-ciel, vibre autour de moi. Rouge, orange, jaune, vert, bleu, indigo, violet se succèdent. Le blanc éclate et m'éblouit. Je perçois un tourbillon à l'intérieur de moi. La voix énonce, sur un ton triomphant, le nom de mes organes dont les cellules migrent vers la cabine située dans la station de téléportation du Paradis. Depuis les ongles des pieds jusqu'aux cheveux, perruque comprise, la totalité de mon être parcourt en trois minutes et trois secondes les trois années-lumière qui me séparent de ma destination.

Un noir profond m'enveloppe. Une chaleur irradie mon corps de caresses bienfaisantes. La voix annonce sur un ton satisfait : vous êtes arrivé. Bon séjour au Paradis.

Un point lumineux se dilate autour de moi. La porte de la cabine s'ouvre sur un couloir où les couleurs vibrent à chacun de mes pas. Je pénètre dans une vaste pièce aux murs couverts de miroirs. Là, les passagers effectuent la vérification obligatoire. Mon reflet en trois dimensions me confirme que je suis identique à moi-même. Seule ma perruque est un peu de travers. C'est peu de choses. Je valide la bonne exécution de l'opération. Une cape blanche, au parfum de lait-grenadine (ma boisson préférée), se pose sur mes épaules. Les murs s'effacent et la lumière indéfinissable du Paradis, adaptée à mon acuité visuelle, m'accueille. Une chanson s'enroule autour de moi. Je reconnais la berceuse que maman me chantait pour m'endormir quand j'étais bébé. C'est bon. C'est doux. Les larmes me montent aux yeux. Elles roulent sur mes joues en perles irisées. Ici, c'est autorisé. Tout est autorisé.

Je marche sur un chemin moelleux bordé de fleurs aux couleurs de l'arc-en-ciel. Les arbres exécutent, pour moi, une danse en guise de bienvenue. Les animaux, disparus de la surface de la Terre depuis le grand effondrement, me saluent. Chants, coassements, grognements, mugissements et autres hululements se marient en une symphonie créée à mon intention. Un centaure géant me prend sur son dos. Des oiseaux de toutes espèces volètent autour de moi. Les fauves nous accompagnent en exhibant des crocs innocents d'une blancheur aveuglante. Une multitude de poissons nous entourent. Chacun, dans sa bulle d'eau, s'approche et dépose sur mes lèvres un baiser au parfum de jasmin, celui de maman. Une loutre danse avec un ours brun. Dans le ciel, des sirènes aux longs cheveux, seins nus et écailles colorées, m'envoient des sourires au goût de réglisse (la friandise préférée de maman). L'une d'elles plonge dans une mer parcourue de vaguelettes bariolées. Elle me fait signe de la suivre. Il est trop tôt, me souffle le centaure. J'attendrai donc. Tout à l'heure, au fond de l'eau, j'irai nager et je la retrouverai. Ici, maman ne me l'interdira pas.

Une fanfare, composée d'insectes colorés, nous précède en jouant l'hymne des mamans parfaites. Les ailes chamarrées des papillons battent la mesure à coups de vibrations lumineuses. Nous traversons un village que je suis certain de connaître sans l'avoir jamais vu, pendant que la voix douce et caressante de maman me raconte les histoires que je ne me lasse pas d'entendre.

J'aperçois les trois petits cochons. Ils prennent le thé avec le loup au seuil de leur maison. Blanche-Neige et la Belle au bois dormant échangent des recettes de cuisine devant un parterre de nains ensommeillés. Une petite fille, assise sur un trottoir, crée des feux d'artifice avec des allumettes. Sur une terrasse, Peter Pan et le capitaine Crochet jouent au jeu des sept familles avec les enfants perdus. Une autre petite fille nous indique la direction d'un pays merveilleux où règne une fée qui ressemble à maman.

Plus loin, un pantin de bois, au nez télescopique, se prélasse sur le dos d'une baleine ; une fillette, toute de rouge vêtue, tient un loup en laisse en mangeant une galette ; un petit garçon grimpe, en riant, au sommet d'un haricot géant ; une licorne ouvre ses ailes immenses au-dessus de moi.

Des fruits mûrs à point et des pâtisseries par centaines flottent dans l'air pailleté, se glissent dans ma bouche, emplissent mon palais de saveurs anciennes. Celles des goûters que maman me servait quand je rentrais de l'école. Une onde sonore scintille dans ma tête et m'annonce que maman n'est pas loin. Un frémissement d'aise me parcourt. Maman, enfin.

Nous entrons dans un tunnel obscur. Une petite lumière pétille tout au bout. Le silence se pose sur mes épaules. Je ploie sous son poids. À la sortie, je suis seul. La cape, aux senteurs de lait-grenadine, a disparu. Je suis nu. Plus que nu. Ma peau est transparente. Je vois mes organes en mouvement. Eux aussi sont transparents. Le sang circule à une vitesse qui m'alarme. Mes poumons cognent contre ma cage thoracique qui se délabre à chaque inspiration. J'évite de regarder mes intestins. Leur contenu se déploie dans mon ventre avec les ondulations d'un serpent. L'effroi me saisit. Où est maman ?

Une force invisible me pousse sur un étroit chemin pierreux, envahi de buissons épineux. Les graviers tranchants lacèrent mes pieds. Des branches pointues accrochent ma peau qui suinte un sang noir. Je veux faire demi-tour. J'appelle : maman ! Un mur de plusieurs mètres de haut, garni de tessons de bouteilles, se dresse devant moi en rugissant. Impossible de faire marche arrière. Des clameurs éclatent autour de moi. Des créatures difformes surgissent. Elles se jettent sur moi, me mordent, me griffent. Je reconnais les monstres qui hantaient mes nuits. Maman les faisait fuir. Je crie : maman ! maman ! Une silhouette se dessine au loin. C'est elle ! C'est ma maman ! Je cours, je tombe, je me relève. Je tends les bras. Mon corps est une flaque de sang agitée de soubresauts. Certains organes, soudain autonomes, réussissent à traverser ma peau. Je traîne mon estomac derrière moi, je me prends les pieds dans les méandres de mes intestins, mes muscles s'éparpillent sous les tiraillements des monstres, mes yeux roulent loin de moi, ma langue pend jusqu'au nombril, mon cœur, accroché à ma perruque, gicle des litres de liquide écarlate à chacun de mes pas. C'est un cauchemar. Je vais me réveiller. Je referme mes bras sur maman. Elle est là. Elle a toujours été là les nuits où l'épouvante m'étranglait de ses doigts griffus. Elle m'attire contre elle, me serre sur son squelette. Ses os pointus s'entrechoquent dans une grande cacophonie. Ils me pénètrent. J'étouffe. Elle ricane en jetant en arrière sa tête de mort. Mes larmes se mêlent à des sécrétions inconnues qui sourdent de mes pores. Je supplie :

— Maman, regarde ce qui m'arrive, aide-moi, maman, aide-moi.

Sa voix siffle. Ses orbites creuses lancent des éclairs.

— T'aider ? Je n'ai fait que ça toute ma vie. Pour quel résultat ?

Mes organes, hoquetant de peur, se bousculent pour réintégrer l'intérieur de mon corps. Je balbutie.

— Mais… je suis ton fils…

— Mon boulet, plutôt ! Je m'en serais bien passé, crois-moi !

— J'existe, pourtant…

— À cause de cette saleté de pilule.

— Quelle pilule ?

— La pilule abortive ! Elle n'a pas fonctionné !

— Tu t'es si bien occupée de moi… Je m'en souviens…

— Les surveillants du Bien-Être m'épiaient jour et nuit. Je faisais le nécessaire pour ne pas m'attirer d'ennuis.

— Je croyais…

— Que j'étais la mère idéale, c'est ça ?

— La meilleure mère du monde.

— J'étais bonne comédienne, je l'avoue.

— J'étais heureux avec toi.

— Moi pas ! J'attendais l'occasion de disparaître. Les nouvelles ailes, c'était un prétexte. La cheminée du crématorium, du cinéma ! J'avais tout calculé. Et ça a marché. Direction le Paradis.

— Je suis venu te retrouver.

— Eh bien, tu peux retourner d'où tu viens ! Ta place n'est pas ici !

— Maman… je veux rester avec toi.

— Ici, c'est le paradis des âmes libres. Toi, tu es englué à l'image d'une mère qui satisfait tous tes caprices. Cette mère n'existe pas. Elle n'a jamais existé que dans ton imaginaire. Tu dois grandir maintenant ! Va-t'en !

Une flamme surgit de sa bouche creuse et me lèche

le visage. Elle disparaît dans une bourrasque d'air glacial. Les monstres m'encerclent. Hilares, ils me montrent du doigt en poussant des hurlements à me déchirer les tympans. Ils gesticulent, me bousculent, me jettent des pierres.

Je me mets à courir. Un escalier s'ouvre sous mes pas. Je dégringole les marches. Mon corps n'est plus qu'une plaie vive qui palpite comme le cœur d'un oiseau blessé. Une voix synthétique annonce : *Message pour le dénommé Saturnin. Il est l'heure de rejoindre l'aéroport de téléportation. Je répète. Il est temps de rejoindre l'aéroport de téléportation. Dépêchez-vous ! Personne ne veut de vous ici.*

Je m'engouffre dans la cabine.

Arrivé sur Terre, je saute dans un taxi souterrain. Je grimpe les quinze marches qui mènent à mon appartement. Je m'affale sur le canapé, le cœur battant, la poitrine secouée de spasmes. Les images mouvantes, fidèles et silencieuses, continuent d'habiter le téléviseur. Une brusque envie de brancher le son me fait sursauter.

Maman m'a prévenu plus d'une fois :

— Ne branche jamais le son, Saturnin, c'est dangereux.

— Pourquoi ?

— Dès que tu entendras les voix des autres, tu te heurteras à la solitude.

— Pourquoi ?

— Parce que ces voix couvriront la mienne, pour toujours.

Mon doigt tremble sur la télécommande.

Une pression sur le bouton suffirait…

Prélude et Prémices

J'ai su, dès notre premier regard, qu'il me tuerait.

Nous vivions dans la nurserie de la Maison du Recommencement. Notre groupe comptait, au départ, dix nourrissons des deux sexes. Ce jour-là, nous n'étions plus que quatre à avoir surmonté l'épreuve de la procréation animale. Deux filles et deux garçons. Les autres avaient succombé à des affections qu'on ne savait plus traiter dans un monde où les maladies n'existaient plus depuis plusieurs siècles. Le taux de perte était certes supérieur aux prévisions, mais la parité sexuelle des survivants autorisait la poursuite du Programme du Renouvellement élaboré par les Grands Cerveaux, et fortifiait la confiance en sa réussite.

La première étape consista à préparer l'arrivée de la génération qui mènerait à bien le projet. D'emblée, il fut convenu de ne pas recourir aux MAMAS (Matrice À Maternité Augmentée) qui assuraient la réplique d'individus à la silhouette androgyne, peau lisse et regard éthéré, exempts des tares de l'Ancien Monde, mais dépourvus des ressources que nécessitait la tâche périlleuse qui les attendait.

Les Grands Cerveaux décidèrent de revenir à la technique de reproduction antique, seule chance d'enfanter des personnalités capables d'accomplir la mission qu'on leur confierait. On se tourna vers une peuplade archaïque, parquée sur l'île Innommée, vaste rocher baigné par l'océan Atlanpacif qui avait surgi à l'endroit où se confondirent l'Atlantique et le Pacifique, lors de la submersion définitive du vingt-deuxième siècle.

Depuis que l'abandon des contacts physiques avait mis fin à la production de spermatozoïdes et d'ovules dans la population de la Grande Civilisation, on prélevait, dans cette tribu, les gamètes que l'on injectait dans les MAMAS, après les avoir nettoyés des tares naturelles qui sévissaient dans cette peuplade : proximité tactile, émotions, sentiments, maladies, rivalité, luttes, pratiques artistiques, sportives, goûts pour les rassemblements bruyants, culture de plantes racinaires utilisées comme nourriture, et aussi, une appétence pour la fécondation sur le mode animal. Sans compter les rapprochements avec des sous-espèces dépourvues de langage, quadrupèdes pour la plupart.

On captura dix mâles et dix femelles. Téléportés dans une salle aseptisée de la Maison du Recommencement, on les obligea à s'adonner à la copulation bestiale, sous la conduite d'algorithmes spécialisés dans la simultanéité, élément indispensable au démarrage du projet. À l'heure prévue, au même instant, les spermatozoïdes fécondèrent les ovules, le bourgeonnement cellulaire s'activa au même rythme pour tous les embryons, et nos mères accouchèrent à l'unisson, dans la position dite *décubitus dorsal* telle qu'elle apparaît dans les livres et les films séculaires conservés dans les bases de données poussiéreuses des réserves muséales.

Dès notre conception, l'algorithme du

Recommencement, branché sur le ventre de nos mères, nous enseigna l'histoire de la civilisation qui nous accueillait et l'objet de notre mission. Il nous fallut quelques mois, nourris d'explications diffusées par des logiciels pédagogues et d'injections d'hormones robotisées, spécialisées dans l'accélération de l'apprentissage, pour comprendre le sens de la formule : *survie de l'humanité,* qui résumait notre objectif.

Il y a près de huit siècles, après les catastrophes qui ont suivi le dérèglement climatique de la fin du vingt et unième siècle, ne subsistait plus qu'une population hébétée, démunie, affamée, sur la seule parcelle de terre encore habitable. Parmi les rescapés, deux femmes et un homme se levèrent et prirent le pouvoir. Sous le titre de Grands Cerveaux, transmis depuis par cooptation de génération en génération, ils élaborèrent une charte, bâtie sur une architecture algorithmique révolutionnaire, et la mirent en application au fil des siècles suivants.

L'objectif à atteindre se résumait en une formule : le bien-être permanent pour tous.

Le moyen pour y parvenir : l'abolition de toute souffrance.

Personne n'avait prévu qu'un grain de sable, sous la forme d'un virus en apparence anodin, s'introduirait dans cette belle mécanique.

Le lendemain de notre naissance, un algorithme nomma les filles Aurore et Aube. Les garçons, Prélude et Prémices.

On nous appelait les Renouveaux.

La directrice, Mme Moisson, nous scrutait d'un œil incisif à longueur de journée, attentive à surveiller notre croissance et à repérer les caractères de chacun, particularités depuis longtemps effacées dans la population de la Grande Civilisation où l'uniformité garantissait le bonheur pour tous, ciment de la paix sociale.

Pendant les premiers mois, couché sur le dos, le plafond était mon seul horizon. J'y voyais défiler les images des événements qui avaient marqué la société depuis l'effondrement environnemental de la fin du vingt et unième siècle jusqu'à la crise actuelle qui menaçait de détruire la Grande Civilisation.

Sous l'impulsion des Grands Cerveaux, on supprima tout ce qui engendrait la souffrance : les émotions et leur cortège insidieux, les désirs, les maladies, les conflits, les besoins inutiles à la mécanique du vivant. L'égalité absolue entre tous mit un terme aux échanges, aux controverses, à la créativité. Les animaux domestiques disparurent. Les robots effectuaient les rares travaux encore nécessaires au bien-être de tous. Les repas se prenaient sous forme de gélules téléportées à domicile. Une fois par semaine, les plus de quinze ans recevaient une pilule orgasmique avec effet retard pendant vingt-quatre heures. Nuit et jour, une indifférence confortable enveloppait l'existence de chacun dans un engourdissement lénifiant.

Dans mon berceau, accompagné par les babils des filles et les grognements de Prélude, j'enregistrais ces informations que les robots classaient dans l'ordre chronologique. À mesure que l'objet de ma mission se précisait, une question s'imposait : pourquoi changer une civilisation que ses initiateurs, les Grands Cerveaux, avaient créée en tous points parfaite et égalitaire ?

L'algorithme sentinelle me donna la réponse : *cette civilisation agonise. Un virus meurtrier sévit, contre lequel aucune parade ni aucun vaccin ne fonctionnent. Il se transmet par le regard. On l'appelle* l'ennui. *L'épidémie se propage à une vitesse vertigineuse. Les morts se comptent par millions. Le dépeuplement de la Terre s'accélère. L'immense effondrement approche. Après de longues études et analyses, les Grands Cerveaux conclurent qu'il fallait retrouver, ce que l'on qualifiait dans les temps anciens,* le goût de vivre. *Mais où le chercher ? On a relu le Grand Texte élaboré par les premiers Grands Cerveaux, qui se termine par cette prédiction :* « *Le recours à la tribu non civilisée, exilée sur l'île Innommée, loin de la perfection de la Grande Civilisation, s'avérera nécessaire quand tout sera à refaire.* »

Toutes ces données s'organisaient peu à peu dans mon esprit quand, à la faveur d'une modification de la position de mon corps, je surpris l'éclat assassin dans les yeux de Prélude. Cette perception ne s'accordait pas aux connaissances emmagasinées dans ma mémoire. Le meurtre n'existait plus dans la Grande Civilisation. On avait éradiqué toutes les sources de conflits en détruisant les pulsions agressives, les ambitions, les luttes de pouvoir et les rapports de domination, en grande partie responsables de la chute de l'Ancien Monde. Confronté à cette volonté mortifère, j'essayai d'aspirer la goulée d'air qui libérerait ma poitrine de l'étau qui l'enserrait. Ce fut ma première expérience d'un ressenti émotionnel inédit, car inexistant dans la Nouvelle Civilisation. Dans les siècles passés, on l'appelait la *peur*. L'arrivée inopinée de Mme Moisson détourna le regard de Prélude. Une série de spasmes me parcoururent. Après une longue apnée, ma respiration reprit son cours de façon chaotique, morcelée. L'algorithme médecin diagnostiqua un terrain asthmatique, fréquent dans le monde ancien chez les enfants vulnérables atteints d'une sensibilité exacerbée. Mme Moisson nota cet élément dans mon dossier, accompagné d'une interrogation sur le risque que cette affection faisait peser sur la poursuite du programme.

C'était une situation nouvelle. Dans la Grande Civilisation, toutes les maladies physiques et mentales avaient été éradiquées, sauf dans la tribu des Innommés. Ma crise d'asthme prouvait que mes parents reproducteurs m'avaient transmis leurs gènes, comme l'avaient prédit les Grands Cerveaux. Cette transmission, qu'elle soit positive ou négative, faisait partie du plan de lutte contre le virus de l'ennui.

Ce même jour, Mme Moisson nous signala que nous venions de franchir une étape primordiale de notre développement.

Les trois Grands Cerveaux se déplacèrent pour assister à l'événement.

— Voilà, dit Mme Moisson, d'une voix neutre, le visage impassible, vierge de tout ressenti, résultat de la suppression des manifestations émotionnelles dans la Grande Civilisation. Ils ont réussi, dans les temps, comme vous l'aviez annoncé.

— Montrez-nous, dit le plus grand des Grands Cerveaux.

Nous étions couchés sur le dos. La directrice frappa dans ses mains. Avec la docilité propre à notre âge, nous nous sommes assis.

Les Grands Cerveaux hochèrent la tête et clignèrent des paupières.

— Comme vous pouvez le constater, ajouta Mme Moisson d'une voix égale, ils ont une journée d'avance sur les prévisions. Ils auront six mois demain.

Aucune allusion ne fut faite à propos de ma crise d'asthme. Sans que ce soit évoqué, je fus l'objet d'une surveillance étroite. Rien ne devait ralentir la réalisation du programme.

Le jour de nos quinze ans, les Grands Cerveaux nous accueillirent dans le temple du Bien-Être Pour Tous.

— Vous avez traversé avec succès toutes les étapes de votre développement. Le temps est venu d'accomplir votre mission.

Ils nous projetèrent un film d'éducation, classé top secret. On y voyait des mâles et des femelles de la tribu de l'île Innommée pratiquer de curieuses acrobaties. À deux ou à plusieurs, ils s'étreignaient, gesticulaient, se heurtaient en poussant des cris et des gémissements.

— Voilà, dirent les Grands Cerveaux. C'est ainsi que vous procéderez.

— Ce sera difficile ? demanda Aurore.

— Ce sera naturel, comme dans les temps anciens.

— Ça fera mal ? s'inquiéta Aube.

— Vous le découvrirez. Personne ne pratique plus cet exercice dans notre monde.

— J'imagine qu'il faut être fort pour réussir, affirma Prélude. Je doute que Prémices y parvienne.

Je ne relevai pas. Depuis toujours, Prélude s'employait avec ténacité à m'exprimer son mépris. Ses attaques envers moi débutèrent lorsque nous commençâmes à nous déplacer à quatre pattes puis sur nos jambes. Plus vigoureux que moi, il n'hésitait pas à me bousculer, à casser mes jouets, à déchirer mes vêtements, à se servir dans mon assiette. Ses pupilles étincelaient de colère dès que j'entrais dans son champ de vision. Mme Moisson avait pour consigne de n'intervenir qu'en cas de danger flagrant. Les agressions de Prélude provoquaient souvent une crise d'asthme qui conduisait la directrice à m'isoler dans une chambre de ses appartements. Parfois, Aube me tenait compagnie. Elle me rassurait d'un sourire. Ensemble, nous dessinions, écrivions des poèmes, tentions de les mettre en musique. Plus personne ne pratiquait ces activités, qualifiées d'inutiles, depuis que la Grande Civilisation avait pris son essor. Ainsi en avaient décidé les Grands Cerveaux afin de maintenir un nivellement constant de la population.

Aurore ne m'adressait la parole qu'en l'absence de Prélude. Elle reconnaissait que je n'avais pas de chance, mais pour atteindre notre objectif, la loi du plus fort prévaudrait, comme dans l'ancien temps. Elle ne doutait pas qu'Aube, une fois passés ses élans de pitié envers moi, sentiment supprimé, ainsi que toutes les manifestations affectives, depuis des siècles, se rangerait à la raison et rejoindrait Prélude pour le succès de notre mission.

— Vous commencerez le plus tôt possible, ajoutèrent les Grands Cerveaux.

— Compris, dit Prélude. Je vois que ce n'est pas un jeu pour Prémices. Les filles, venez avec moi !

— Vous êtes quatre, intervinrent les Grands Cerveaux. Deux filles et deux garçons. Vous explorerez les différentes combinaisons possibles.

Mme Moisson, silencieuse jusque-là, prit la parole :

— Vous devrez tenir compte d'un facteur que nous

ne maîtrisons pas. Dans les livres anciens, on l'appelle l'attirance réciproque.

Je me souviens de l'éclat de rire de Prélude, du regard effarouché d'Aurore et de la rougeur qui monta aux joues d'Aube.

— Prémices tiendra la chandelle si ça lui chante, répondit Prélude. Il est évident que la qualité de ses gènes n'est pas à la hauteur de la tâche qui nous attend. Pour réussir notre mission, il est préférable que je sois seul à approcher les filles. D'ailleurs, je vais éliminer Prémices.

Mon cœur battait à grands coups jusque dans mes oreilles. Mes mâchoires serrées m'empêchaient de prononcer le moindre mot. Je baissai la tête, à la fois craintif et envieux. Prélude a la beauté des antiques statues grecques retrouvées sur les rivages après le Grand Désastre. À côté de lui, petit, chétif, apeuré, affublé en permanence d'un respirateur, je devais reconnaître que mes chances étaient minimes. Ce jour-là, la lueur meurtrière qui brûlait dans ses yeux me glaça jusqu'au sang.

Je me souviens du front soucieux des Grands Cerveaux et du regard incrédule de Mme Moisson. Les paroles de Prélude et son attitude correspondaient aux pires moments des barbaries anciennes soumises aux lois de despotes sanguinaires.

J'entends encore leurs derniers mots.

— Nous souhaitons que vous participiez tous les quatre au succès de votre mission. Toutefois, pour éviter toute interférence, nous n'interviendrons pas dans vos relations. La suite du programme stipule que dans neuf mois, Aurore et Aube donneront naissance aux deux premiers bébés de la Nouvelle Civilisation.

Le lendemain, Prélude se précipita dans ma chambre pendant mon sommeil. Son couteau frappa plusieurs fois. La plus atteinte fut Aube qui m'avait rejoint en secret. Je profitai de la stupeur de Prélude pour fuir. Mme Moisson me garda auprès d'elle quelque temps. Les Grands Cerveaux observaient nos comportements avec minutie. Le processus, déclenché, ne pouvait être interrompu. Dès qu'Aube se rétablit, Prélude partit à ma recherche. Pour lui échapper, je changeais de refuge tous les jours. Mme Moisson parvenait à communiquer avec moi à travers un algorithme unique valable pendant quelques minutes. La mission irait à son terme. Peu importait la façon dont elle se poursuivait. Seul le but comptait.

Aujourd'hui, je vis au fin fond de la dernière forêt primaire, dans une grotte creusée à flanc de colline. Prélude est à mes trousses. Aube lui résiste. Il s'est procuré les armes qui dormaient dans les sous-sols du Musée des Anciens Conflits. Au début, personne ne savait comment juguler la haine qu'il me portait. Personne n'avait jamais éprouvé ce sentiment. Personne ne comprenait ses désirs de meurtre. Le meurtre n'existait plus depuis plusieurs siècles.

À présent, les mentalités ont changé. Prélude sait parler et convaincre. La population, jadis amorphe, suit ses discours avec intérêt. Il clame avec violence ses ressentis. En particulier, me concernant. Je veux faire la peau à ce fumier ! Il fallut consulter les dictionnaires de l'ancien temps pour déchiffrer le sens de ces paroles. Des pensées nouvelles germèrent dans les esprits. Ainsi, on peut avoir envie de tuer. D'ôter la vie de quelqu'un qu'on ne supporte pas, ou qui vous a fait du mal, ou qui vous a regardé de travers, ou qui vous gêne pour réaliser un objectif dont vous ne soupçonniez pas l'existence, la veille.

Au contact de Prélude, les gens sentent vibrer dans leur corps une dimension qu'ils ignoraient. Ils échangent entre eux, prennent position. Des groupes se forment. La plupart se rangent derrière Prélude. Quelques-uns me soutiennent. Les discussions sont vives. On s'injurie, on se menace, on se bouscule. On en vient aux mains. Les rues s'embrasent. Les disputes se multiplient. Les bagarres dégénèrent. Des émanations inconnues imprègnent l'air ambiant, irritent les narines. Odeur métallique du sang, relent âcre de la sueur, exhalaison chaude des cartouches de fusil. On créa aussitôt des robots médecins qui recoururent aux ouvrages anciens pour soigner des blessures jamais vues. Les esprits, conditionnés par la nécessaire uniformité du genre humain, sont désorientés. Ils doivent faire face au surgissement de comportements qu'on croyait effacés, mais dont l'empreinte héréditaire n'était qu'assoupie.

Les Grands Cerveaux scrutent avec attention cette effervescence. La conduite de Prélude fait partie des risques qu'ils avaient pressentis en élaborant leur projet. Mais le constat est sans appel. Plus les affrontements s'intensifient, plus le virus s'éloigne. L'augmentation des taux d'adrénaline, de cortisol, et d'autres hormones comme la dopamine le confirme. L'ennui s'effiloche à grande vitesse.

Chaque jour, Prélude harangue des foules de plus en excitées. La voix puissante, le verbe conquérant, il les incite à se soulever contre l'ordre établi qui a réduit la population à une existence larvaire, sans joies ni peines, soumise à des algorithmes aveugles dirigés par les Grands Cerveaux. Qui sont ces Grands Cerveaux ? De quel droit décident-ils de l'évolution uniforme de chacun ? Il est temps que chacun devienne responsable de sa vie, quitte à se heurter à ses voisins, eux-mêmes confrontés à des désirs inconnus. Il est temps de détruire les MAMAS qui fabriquent des clones à la chaîne. Il est temps de rire, de pleurer, de s'aimer et de se détester. Il est temps de réhabiliter la souffrance, preuve flagrante de la conscience de vivre.

Prélude termine ses discours par le rappel de l'obligation de me supprimer pour que ce Nouveau Monde advienne. Sa fureur à mon égard est grande depuis qu'Aube a donné naissance à notre fils, Novice. Il martèle, haut et fort, que j'ai séduit Aube contre son gré. Que je n'avais pas le droit de l'approcher. Qu'Aube et Aurore, sur qui repose la fondation du Nouveau Monde, lui appartiennent. Que mon fils est une erreur qu'il faudra supprimer dès que Mme Moisson cessera de le protéger ! Mme Moisson est une traîtresse que l'on éliminera après avoir cassé les codes de sécurité installés autour de sa maison. Quant aux Grands Cerveaux, qui ont failli à leurs engagements de s'abstenir de toute intervention dans nos relations, ils sont accusés de déloyauté et condamnés à la liquéfaction totale.

Aube et Novice sont à l'abri chez Mme Moisson. Jusqu'à quand ?

À côté de Prélude, Aurore, le visage sévère, exhibe ses filles jumelles, Inédite et Primeur. Elle rage de n'avoir pas donné un garçon à Prélude. Elle se fera une joie de détruire Aube et son bébé. Elle répète, sans se lasser : Prélude et moi sommes seuls qualifiés pour terminer la mission pour laquelle nous sommes nés.

Ce matin, je me réveille avec une appréhension plus vive que les jours précédents. J'ai rêvé de mes parents. Voilà longtemps que plus personne ne rêve dans la Grande Civilisation. On considère toutes productions imaginaires comme des inepties, à détruire dès leur apparition. Ceux qui en sont victimes, malgré eux, se dépêchent de les oublier. Dans mon rêve, j'ai vu mes parents résignés, renvoyés sur l'île Innommée aussitôt après notre naissance. J'ai vu leurs joues inondées de larmes, leurs visages tordus de douleur. J'ai entendu leurs supplications. Manifestations inconnues dans la Grande Civilisation. Mes parents n'étaient pas immunisés contre la souffrance de la séparation, de l'arrachement, de l'abandon. J'aimerais les retrouver. M'excuser. Leur présenter Aube et leur petit-fils. Encore faut-il que je reste en vie. Je sais que Prélude finira par me rattraper.

De plus en plus de gens le rejoignent et mettent en actes les pratiques qu'il préconise pour détruire le virus de l'ennui : agressivité, maniement des armes, ambition, compétition, désir de s'imposer, d'inférioriser l'autre, font partie d'un arsenal de luttes basées sur la confrontation où tout est permis, sans souci des conséquences. Les sessions de formation, organisées dans les sous-sols du Musée des Anciens Conflits, attirent un public de plus en plus nombreux. Les films des guerres passées, des génocides, des exécutions arbitraires, les sports de combat, les batailles acharnées pour vaincre ses adversaires montrent comment se comporter pour échapper à l'ennui.

Une foule de partisans, armes aux poings et voix

fortes, arpentent les rues en criant : Bougez-vous ! Vous allez tous crever ! Prémices ! On vient te chercher. Tu n'en as plus pour longtemps et ton mioche servira de cible à nos fusils !

J'entends du bruit autour de moi. Des pas, des voix, des cliquetis métalliques. Je sens la présence de Prélude. Ses ondes exacerbées m'entourent de leurs épines venimeuses. Il s'approche. Je n'ai pas le temps de fuir. Il est là, à quelques mètres de moi. Il hume l'air à la manière d'un fauve sur la piste de sa proie. Il avance. Je me terre au fond de la grotte obscure. Je cesse de respirer. Je ne peux empêcher mes dents de claquer, mes mains de trembler, mes jambes de vaciller. Je m'écroule, roulé en boule, les mains agrippées à mon respirateur. Prélude entre dans la grotte. Il tient une lance, longue, effilée. Il crie : Prémices ! Sors de là ! Viens te battre, si tu en es capable !

J'entends des ricanements derrière lui. Sa troupe meurtrière l'accompagne. Une boule de panique gonfle dans ma gorge. Je tète, à grandes goulées, l'embout de mon respirateur. Des bouchons de coton emplissent mes oreilles. La voix de Prélude parvient à les percer. Elle ricoche sur les parois de la grotte.

Prémices ! J'arrive ! C'est fini pour toi !

L'embout du respirateur se casse sous mes dents. Un éclair m'aveugle. Une silhouette se dresse au-dessus de moi, puis une autre, une autre encore. Prémices, lève-toi ! Je reconnais la voix de Mme Moisson. Dépêche-toi ! J'ouvre les yeux. Aube est là. Elle tient Novice dans ses bras. Mme Moisson trace un cercle sur le sol. Entrez dans le cercle. Le temps presse. C'est le dernier transporteur en état de marche. Les Grands Cerveaux ont détruit tous les autres avec les banques de données et les activateurs de codes, avant de se liquéfier.

Je suis incapable de bouger. D'une main tremblante, Aube m'attire dans le cercle. Les pas rapides de Prélude résonnent dans le silence de la grotte. Mme Moisson trace des signes dans l'air. Elle murmure : j'active le code. Dans deux minutes vous serez sur l'île Innommée. Vos parents vous attendent. Serrez-vous plus que ça. C'est un petit transporteur individuel. Mais ça devrait aller. Il s'autodétruira à votre arrivée.

La téléportation commence par le bas. Nos pieds s'estompent, suivis des jambes... Novice s'est endormi. Il penche la tête sur le côté, hors du rayon du téléporteur. Nos torses s'effacent. D'une main, Mme Moisson repousse la tête de Novice avant que le rayon atteigne nos épaules. Prélude surgit au moment où nous disparaissons.

Pendant notre voyage, le visionneur du transporteur, relié à Mme Moisson, projette, devant nous, les événements qui se déroulent dans la grotte.

Prélude menace Mme Moisson :

— Où sont-ils ?

— Loin.

Elle montre son poignet, amputé par le rayon du transporteur :

— Ils ont emporté ma main avec eux… en guise de souvenir.

— Je veux les retrouver. Où sont-ils ?

— Sur l'île Innommée. On ne peut y accéder que par la téléportation.

— Les Grands Cerveaux ont tout détruit. Où est votre téléporteur ?

Mme Moisson soupire.

— Sous mes pieds. Je m'apprêtais à disparaître à mon tour.

— Pour les rejoindre ! C'est bien ça ?

Mme Moisson hausse les épaules, l'air navré.

— C'était mon intention. Je l'avoue.

Prélude bondit sur Mme Moisson, l'emprisonne dans ses bras.

— Je viens avec vous ! Composez votre code !

Mme Moisson étouffe un petit rire narquois.

— Si tu y tiens…

De sa main valide, elle actionne sa ceinture de liquéfaction.

Attirés par la déflagration, les soldats de Prélude se précipitent. À l'endroit où se tenaient leur chef et Mme Moisson, s'étale une flaque d'eau bouillonnante que la terre absorbe peu à peu.

La suite, je l'apprendrai plus tard en me promenant avec Aube et Novice sur la plage de l'île Innommée. Dans une boîte, échouée sur le rivage, je trouvai un nouveau respirateur et l'extrait d'une page vocale, enregistrée en direct, arrachée à un journal algorithmique séditieux.

À l'annonce de la mort de Prélude et de la liquéfaction volontaire des Grands Cerveaux et de Mme Moisson, la foule en colère envahit le Temple du Bien-être Pour Tous. Ils arrivent dans une salle vide. Faute de pouvoir la saccager, ils y mettent le feu. Des mouvements de panique éclatent. Comment faire sans les Grands Cerveaux ? Comment faire sans Prélude ? Comment faire sans la tribu de l'île Innommée désormais inatteignable ? L'ennui a disparu, mais l'anéantissement de l'humanité semble inéluctable.

La foule endeuillée se masse devant la maison de Prélude. On pleure, on s'étreint, on gémit, on s'agenouille, on marmonne de vagues prières revenues du fond des âges. Aurore apparaît, entourée de ses filles. Les têtes se redressent. Les mains se tendent. On crie de joie, on applaudit.

Aurore écarte les bras et se tient immobile un long moment, jusqu'à ce que le silence recouvre la foule d'un voile protecteur. D'une voix douce et ferme à la fois, elle jure qu'elle terminera la mission.

— À présent que nous avons chassé le virus de l'ennui, le Nouveau Monde peut advenir. Il naîtra de mes deux filles et du garçon que Prélude m'enverra, comme il l'a promis avant de disparaître. En attendant, je serai votre guide et votre futur. Je vous mènerai sur le chemin que vous n'auriez jamais dû quitter. Il vous suffit de croire en moi. Il vous suffit de croire en Prélude. Ne cessez pas de penser à lui. Invoquez-le, nuit et jour. Soyez attentif à ses manifestations. N'oubliez pas de maudire Prémices et Aube, et leur enfant qui n'aurait jamais dû naître. Allez en paix. Demain vous recevrez mes premières instructions.

Dans le Temple du Bien-Être Pour Tous, les flammes atteignent le plafond. Elles lèchent les lambris derrière lesquels repose le livre des premiers Grands Cerveaux. Une phrase clignote comme les gyrophares des anciennes ambulances : « un monde nouveau verra le jour après la Grande Civilisation. Il sera identique à l'Ancien Monde, commettra les mêmes erreurs et périra de la même manière. Cependant, un doute persiste quant à la survie ou à l'extinction de la tribu des Innoméens... »

Le reste du texte est illisible.

Je lève les yeux. Autour de moi, le peuple Innoméen m'observe. Tous les adultes, en âge de procréer, ainsi que les enfants, ont été soumis aux trombes d'eau larguées par les nuages stérilisateurs, dès la mise en action du programme de lutte contre le virus de l'ennui. Aucune naissance n'a eu lieu depuis. L'extinction des Innoméens est inévitable. Sans qu'ils l'expriment, j'entends leur demande. Aube me sourit. Notre fils, Novice, joue à ses pieds. Un autre enfant pousse dans son ventre. Nous le nommerons Vivance. D'autres enfants suivront.

Les Innoméens changeront de nom.

Ils s'appelleront les Renouveaux.

L'Automne qui voulait être le Printemps

Je m'appelle Julie Lenoir. Vous vous en doutez, c'est un nom d'emprunt. Je suis âgée, disons, d'une soixantaine d'années. J'ai choisi la soixantaine par commodité. Une tranche d'âge qui s'étale de soixante à soixante-neuf ans n'est pas à négliger. Mais je ne suis pas venue pour parler de moi. Je suis ici pour travailler et vous ne me facilitez pas la tâche. Peu vous importe, j'imagine. Je suis heureuse que vous soyez présent à notre rendez-vous. Vous ne pouviez pas faire autrement, je sais. Si encore vous aviez accepté de collaborer. Il a fallu vous menacer. J'ai horreur d'en arriver là. Tout pourrait se passer simplement si vous faisiez preuve d'un minimum de bon sens. Je vous ai observé pendant que vous déambuliez dans le square. Saucissonné dans votre pardessus, ce curieux chapeau enfoncé jusqu'aux oreilles, le visage presque voilé par une écharpe décorée de barriques de toutes tailles, vous regardiez, d'un air rêveur, le ruisseau artificiel qui rappelle la Bièvre emprisonnée sous terre. Comme tous vos semblables, vous êtes très attaché à la terre. À cause de vos racines, bien sûr...

C'est la raison pour laquelle nous avons choisi ce jardin parisien pour notre entrevue. Le square Legal, créé par Jean-Charles Moreux, dans les années trente, sur l'emplacement de l'île aux singes, a bonne réputation et nous y avons nos entrées particulières, pour ne pas dire secrètes. Mais je ne peux vous en dire plus, pour l'instant. Vos lunettes de soleil sont incongrues en cette journée d'automne où les nuages lourds flottent au ras du sol. Vous pourriez vous faire remarquer. Heureusement, le crachin persistant qui arrose le quartier depuis ce matin a découragé les plus vaillants. Sauf cette petite vieille qui feint d'examiner les sculptures composées de pierres et de fossiles en bas de l'escalier de la rue Croulebarbe. En réalité, elle ne vous perd pas de vue. Je suis désolée de devoir agir ainsi.

Reconnaissez que vous ne m'avez pas laissé le choix. Nous avons cherché longtemps avant de vous retrouver. Paris est une grande ville où on peut s'égarer facilement. Vous en avez profité. Nous avons dû prendre quelques précautions pour nous assurer que vous ne nous fausseriez pas compagnie. Il n'est pas question que vous disparaissiez à nouveau. D'où la présence de cette petite vieille. Sous son air innocent, c'est une véritable peste dépourvue de la moindre sensibilité. Chez elle, compassion, émotion, pitié, remords sont des sentiments inconnus ou, dans ses bons jours, synonymes de perte de temps. Si vous aviez la curiosité d'aller voir sous ses jupes, vous découvririez un arsenal – certes miniaturisé – digne d'une armée d'état. Le bouton de mise à feu se trouve sur son parapluie. Classique, mais efficace. La sculpture qu'elle semble regarder avec attention, un hibou constitué de pierres et de coquillages juxtaposés, renferme un désintégrateur laser qui vous suit où que vous alliez. Le sculpteur, Maurice Garnier, s'est sans doute inspiré des peintures maniéristes d'Arcimboldo, en utilisant le minéral à la place du végétal. Mais je ne vous apprends rien. Vous êtes un familier des lieux et vous connaissez mieux que personne ce peintre italien, du seizième siècle, spécialiste des portraits allégoriques composés de fruits, de légumes, de fleurs, de poissons et autres coquilles Saint-Jacques. Vous soupirez. Pour vous, c'était le bon vieux temps. La splendeur de la Renaissance après plus d'un millénaire de décadence. Vous étiez arrivé au bon moment et votre sens de l'opportunité vous fut bien utile. Ne vous offusquez pas, c'est un compliment que je vous fais. Profitez-en, ça ne durera pas.

Laissez-moi vous regarder. Qui se douterait que vous avez servi de modèle à Arcimboldo pour la série des quatre saisons exposées au Louvre ? Je reconnais votre modestie. D'autres le crieraient sur les toits. Vous préférez la discrétion. Mais, vous vous êtes pris au jeu et vous avez oublié que les lois existent. Et moi, je suis chargée de les appliquer. Ne protestez pas ! C'est ainsi ! Ah vous pouviez être fier ! Se pavaner en costume végétal, en changer tous les trois mois et susciter l'admiration de tous pendant des siècles, il y a de quoi vous faire tourner la tête ! J'ai beaucoup réfléchi à votre cas. Je crois deviner ce qui vous est arrivé. Votre succès vous a transformé. Vous vouliez continuer à planer sur votre petit nuage, et vous êtes devenu fou. Fou ! Je l'affirme ! Vous ignorez le sens de ce mot, je le sais, mais votre acharnement à refuser de distinguer le rêve de la réalité a fait de vous une sorte de malade mental. D'accord, cette définition vous échappe aussi. Il faudrait, pour cela, que vous soyez pourvu d'une tête, avec un cerveau à l'intérieur.

Passons…

Qu'êtes-vous venu faire ici ? Regardez-moi quand je vous parle. Savez-vous sur quelle planète nous sommes ? La pire, pour les personnages de votre genre. Sur cette terre, les humains sont faits de chair et de sang, sans oublier les os, charpente indispensable, pour tenir debout. Un individu de votre espèce, composé de fruits et de légumes, finirait ses jours dans un cirque spécialisé dans l'exhibition de monstres ou comme épouvantail dans un potager. On l'enfermerait, on l'examinerait au scanner, à l'IRM, on l'échographierait, on le scintigraphierait. On prélèverait une goutte de sève par ci, une feuille par là. On le goûterait, on analyserait des échantillons qu'on sèmerait, histoire de voir pousser d'autres spécimens de votre genre.

Pourquoi êtes-vous revenu, malgré les innombrables mises en garde que nous vous avons adressées ? Vous connaissiez les risques et vous les avez ignorés, comme un gosse imbu de sa toute-puissance illusoire. Je vais vous apprendre quelque chose qui devrait vous faire frémir. Sur cette planète ON MANGE les fruits, ON MANGE les légumes. Non, non, je ne plaisante pas. On les cueille, on les épluche, on les découpe, on les broie, on les plonge dans l'eau bouillante, on les grille sur des flammes, on les brûle dans des fours, on les mord, on les mastique, on les avale, on les dévore, on les crache quand ils ne conviennent pas. Les raisins qui vous font office de cheveux – méfiez-vous, certains dépassent de votre chapeau – on en croque les grains, on les écrase à coups de pied dans des cuves jusqu'à extraire leur sang qu'on laissera fermenter pendant des mois avant de remplir des bouteilles que l'on videra dans des gosiers voraces, jamais rassasiés. Le même sort est réservé aux pommes de vos joues, à la poire de votre nez, aux citrons de vos oreilles, tout acide qu'ils soient.

Vous comprenez pourquoi il était indispensable que je vous retrouve.

Je surveillais la naissance de mes champignons lorsque j'ai vu tomber à terre la châtaigne qui vous tient lieu de bouche. J'ai aussitôt envoyé mes agents à votre poursuite. Nous savions que vous aviez besoin d'une bonne terre de jardin pour vous alimenter, et celle du square Le Gall a une excellente réputation. Elle servit de potager aux tapissiers de la Manufacture des Gobelins, à deux pas d'ici. Nous savions aussi que vous vouliez retrouver la trace d'Arcimboldo. Le parquet, en bois de chêne, du département des peintures du musée du Louvre où vos portraits sont exposés, ne convenant pas à vos racines assoiffées, il était certain que vous vous rabattriez dans ce jardin, où le souvenir de votre maître subsiste grâce à l'hommage minéral que lui a rendu le sculpteur Garnier. Vous ne pouviez guère nous échapper. Une chance pour vous. Dans ce monde omnivore, vous n'auriez pas tenu huit jours. Encore moins devant un végétarien, aucune chance face à un végétalien.

Quelle folie vous a poussé à revenir ? Obligé de vous terrer, vous faites peine à voir avec votre visage flétri. C'est le sort réservé aux organismes doués de vie sur cette terre : tout se gâte, se dessèche et finit par mourir. Vous ne me croyez pas ? Mais qu'est-ce que vous avez donc dans votre tête de courge ! D'ailleurs, vous devriez en couper la queue. Cela donne une drôle d'allure à votre chapeau. Excusez-moi, je ne devrais pas m'énerver. Si au moins je pouvais vous convaincre sans être obligée d'employer la force. Je vois que vous me comprenez. Vos yeux de myrtilles se tournent avec crainte vers l'obélisque planté dans la roseraie. Notre station de téléportation se trouve à l'intérieur. C'est rapide, mais périlleux, vous le savez. La reconstitution du corps, à l'arrivée, peut ne pas être identique à sa forme initiale. Cela se produit dans moins de 0,01% des cas, mais le risque existe. On a observé un phénomène de translocation irréversible entre les grains de raisin et les fanes de la carotte. Ceux qui l'ont vécu se disent assez gênés dans leurs activités quotidiennes. Alors, suivez gentiment mes instructions et tout se passera bien.

La navette sera là dans moins d'un quart d'heure, en haut de l'escalier, face à la rue des Reculettes. Un camion de déménagement, banalisé, que nous avons réquisitionné d'urgence. Mon assistante au parapluie va vous accompagner. D'ici une heure, peut-être un peu plus – on nous annonce du retard – vous tremperez vos racines dans la terre accueillante de votre astéroïde végétalique. Pardon ? Que dites-vous ? Le vingt-deux septembre ? Hé bien ? Bien sûr que je le sais. Nous sommes, aujourd'hui, le 22 septembre. Vous n'avez pas besoin de me le rappeler. Vous avez votre visage d'automne, tout est donc conforme à ce qui doit être.

Je remarque que vous gardez toujours cette figue éclatée pendue à votre oreille. Vous finirez par vous attirer des ennuis en affichant des goûts aussi détestables. Il n'est plus temps de discuter. Le contrat que vous aviez passé avec Arcimboldo – sur une dérogation spéciale que je regrette d'avoir accordée – stipule que vous étiez autorisé à végéter sur Terre pendant un siècle maximum, afin de profiter du renouvellement des saisons – inconnu dans votre monde – et d'expérimenter l'existence de toutes les variétés de fruits, de légumes et de fleurs pendant cent automnes, cent hivers, cent printemps et autant d'étés. Et vous voulez plus ? Impossible ! N'oubliez pas que chez vous, vous demeurez dans la peau de la saison qui vous définit pour l'éternité. Pas moyen de résider en été si on est programmé pour l'hiver. Vous avez eu une chance insolente de tomber sur cet illuminé de peintre. Vous avez vécu ce qu'aucun de vos congénères n'oserait imaginer. Pardon ? Si je connais le 21 mars ? Bien sûr, quelle question ! Et si j'aime les fleurs ? Évidemment, comme tout le monde… Oh, mais attendez… attendez… Je comprends… Voilà pourquoi vous êtes revenu. Vous avez goûté au printemps, vous avez comparé et vous avez décidé. Le printemps ! Le printemps ! Tout le monde veut être le printemps ! Je croule sous les demandes de mutation. Il n'en est pas question ! Ce n'est pas vous qui choisissez. Si nous avons jugé que vous seriez l'automne, c'est que nous avons nos raisons. Et je vous rappelle que vous l'avez accepté en signant le contrat. Souvenez-vous, vous auriez dû être l'hiver. Nous avons cédé sur la requête pressante de votre ami peintre et nous vous avons accordé l'automne. C'est agréable l'automne. Il fait encore doux, les feuilles des arbres changent de couleur, elles tombent en tourbillonnant, parfois on se croirait en été… Ici, dans certaines cultures, cette saison est même associée à l'année nouvelle. Je sais, ça ne veut rien dire. Pour d'autres, le Nouvel An arrive en hiver. Pas question de modifier quoi que ce soit ! Quelle idée ! Rester le printemps à vie sur cette planète ? Vous voudriez être couvert de fleurs ? Que dis-je ? Vous voudriez ÊTRE la multitude de fleurs qui naissent au printemps, vêtues de mille couleurs, vibrant de tous les parfums, roses aux fragrances insoutenables, marguerites au blanc immaculé, lavandes aux senteurs enivrantes, entourées de papillons virevoltants, d'abeilles butineuses, de bourdons vrombissants, en permanence, pour l'éternité ? Impossible ! Sur cette planète, le printemps ne dure qu'une saison. Il est remplacé par l'été, lui-même suivi par l'automne, etc. C'est très différent de votre monde où les quatre saisons sont présentes en même temps. Ici, il s'agit d'un cycle. Si on le dérègle, tout se cassera la figure. Et je vous rappelle qu'ici on ASSASSINE les fleurs ! On les cueille, on les coupe, on arrache leurs pétales sous prétexte de prédictions farfelues, on en fait des bouquets, des guirlandes, des couronnes, on les laisse agoniser dans des vases et on les jette à la poubelle. Quoi ? Arcimboldo vous l'a promis. Je comprends, je comprends... Vous ignorez donc que les habitants de cette planète sont mortels. Mon pauvre ami, votre rencontre avec Arcimboldo date de plus de quatre siècles. Vous aurez beau fouiller la terre de vos racines, vous ne retrouverez que des os inutiles. Votre cher Arcimboldo est bel et bien disparu. En plus, le printemps est une très mauvaise saison, croyez-moi. La montée de la sève, les bourgeons, l'éclosion, les engrais en veux-tu en-voilà, les insectes qui tournicotent, les pollens qui voltigent... Je n'aimerais pas ça du tout. Ça doit chatouiller, j'en ai des frissons rien que d'y penser...

L'époque des amours, dites-vous ? Que me chantez-vous là ? Vous vous y connaissez en amour, maintenant ? Mais bien sûr que je le sais ! Bien sûr que je le sais ! Les fleurs sont des sexes, je le sais trop bien. Un champ de tulipes offre une multitude de sexes parfumés, prêts à batifoler, à s'ouvrir aux caresses et au reste… Et vous ne pensez qu'à ça ! Vous voudriez être un sexe gigantesque composé de milliards de sexes rivalisant de fraîcheur, de séduction et de beauté. Vous rêvez, mon ami, vous rêvez. Non, croyez-moi, je vous sauve la vie en n'accédant pas à votre demande. Demeurer le printemps pour l'éternité équivaut à jeter une écrevisse encore vivante dans une casserole d'eau bouillante. Vous ne pouvez pas comprendre. Vous n'avez pas posé pour l'allégorie de l'eau du même peintre. Des poissons partout. Des crevettes en guise de sourcils. Une anguille autour du cou. Beurk ! Même pour les perles je ne plongerais pas dans cet aquarium ambulant.

J'appelle la navette. Vous arriverez chez vous plus de quatre siècles en arrière, avant la rencontre avec ce peintre qui n'a fait que se servir de vous. Vous aurez tout oublié et vous continuerez votre vie de végétal insouciant en ignorant le fonctionnement de cette planète Terre, où tout décidément va de travers. Mais où allez-vous ? Je vous interdis de vous enfuir. Revenez ! Votre portrait est affiché partout. Sur les cartes postales, les posters, les vêtements, les fonds d'écran… J'ai même vu un montage de votre photo dédoublée. On croirait que vous êtes serré contre vous-même, joue contre joue. Revenez ! Vous allez finir en ratatouille, bouillis, frits, grillés ; en salade de fruits épluchés, découpés, épépinés ; ils vont vous bouffer jusqu'aux racines… Revenez !

Tant pis, vous l'aurez voulu.

Julie Lenoir fit un signe à la petite vieille. Celle-ci ouvrit son parapluie. Un éclair figea le fuyard dans un halo de lumière. La photo sera jointe au rapport.

Ensuite, avec un sourire étrange aux lèvres, la petite vieille régla le parapluie sur la position mixeur et appuya sur un bouton. Avant que Julie Lenoir n'ait eu le temps de détourner son regard, l'Automne d'Arcimboldo s'écroula et se répandit en une purée de fruits et de légumes sur la terre humide du square Le Gall

L'appel du livre

« *Cosette et Marius tombèrent à genoux, éperdus, étouffés de larmes, chacun sur une des mains de Jean Valjean. Ces mains augustes ne remuaient plus.*
Il était renversé en arrière, la lueur des deux chandeliers l'éclairait ; sa face blanche regardait le ciel, il laissait Cosette et Marius couvrir ses mains de baisers ; il était mort. »

Assis sur son lit, le front penché sur le livre, Simon relit ces dernières lignes. Il secoue la tête. A dix ans, presque onze, il est des choses qu'on n'accepte pas.

Il pose les mains sur ses yeux, compte jusqu'à dix et les retire. Rien n'a changé. Son lit est toujours à la même place, contre le mur, face à la fenêtre. Sa peluche du Roi Lion est sous la couette avec celle de l'ours Baloou, protecteur de Mowgli dans la jungle. Son bureau est sous la fenêtre, mais il est rare qu'il s'y installe. Il fait ses devoirs à plat ventre sur la moquette ou sur son lit. À côté, la bibliothèque est remplie de livres. Simon les a tous lus. Parfois, il les relit. Celui qu'il préfère est entre ses mains. Voilà plusieurs jours, plusieurs semaines, qu'il en a commencé la lecture. Avec application et sérieux. C'est un livre pour les grands. Certaines pages sont illustrées de dessins en noir et blanc. Des dessins anciens.

Les murs de la chambre sont tapissés de papier peint décoré de bateaux qui naviguent par tous les temps. Simon imagine que son père se trouve sur l'un d'eux. La maquette de son voilier est posée sur une étagère. Son père l'a construite et la lui a offerte avant de partir.

La porte, sur sa droite, le nargue de sa vitre transparente. Sa mère a demandé à un menuisier de l'installer. *Je veux savoir à quoi tu t'occupes quand ta porte est fermée.* Elle n'aime pas quand il colle des papiers dessus. Elle n'aime pas quand il se cache sous le lit. Mais Simon le fait quand même. Le couvre-lit descendu jusqu'au sol, il s'imagine au fond d'une cabane, avec sa torche électrique et ses peluches.

Simon écrase son nez sur la page du livre. Les lettres floues se mettent à danser. Mais ce sont les mêmes mots, disposés aux mêmes endroits. L'enfant retient une envie de pleurer, mais les larmes débordent. C'est trop injuste. Il a lu et relu plusieurs fois les dernières lignes du roman. Il ne peut se résoudre à accepter la fin telle qu'elle est écrite.

Il secoue le livre. Peut-être que les lettres pourraient se déplacer, former d'autres mots, d'autres phrases, modifier l'histoire ? Il s'adosse au mur, élève le livre ouvert à hauteur du visage et fixe les mots immobiles sur le papier. C'est un grand livre. Papier épais, couverture cartonnée. Il appartient à son père. Avant son père, il appartenait à son grand-père et avant, encore, à son arrière-grand-père et avant encore à son arrière-arrière-grand-père. Quand il sera grand, il lui appartiendra. Sous son poids, les bras de l'enfant sont pris d'une légère crispation. Le livre tremble. Le cœur de Simon fait un bond dans sa poitrine.

— Monsieur Valjean ?

Sous l'effort, le souffle de Simon s'accélère. Les pages ouvertes frissonnent.

« Monsieur Valjean ? C'est vous ?

Le livre est trop lourd pour être tenu à bout de bras. Simon le laisse tomber sur le couvre-lit molletonné qui rend un bruit étouffé.

« Qu'est-ce que vous dites ?

L'enfant enfouit son visage entre les pages.

« Vous pouvez parler plus fort ?

Ça ressemble au son produit par un coquillage collé contre l'oreille. Ça souffle, ça bourdonne, ça vibre. Ça résonne comme la corde la plus grave du piano. *Tu vas devenir sourd, si tu continues,* répète sa mère quand Simon pose sa tête sur la table d'harmonie, les soirs où elle joue des chansons tristes.

— Petit...

Simon sursaute. Il éloigne son visage du livre. Écarquille les yeux. Regarde autour de lui. Un souffle d'air agite le rideau devant la fenêtre ouverte. Sur le mur, les bateaux luttent contre la tempête. Dehors, le ciel est envahi de gros nuages gris, certains noirs. Une mésange bleue, une brindille dans le bec, se dépêche d'entrer dans le nichoir que son père avait accroché au tronc du pin.

« Petit...

Simon a bien entendu. Une voix d'homme. Elle vient du livre. Une voix grave et douce à la fois. Son père avait la même voix. Il suffisait qu'il fasse semblant de gronder et les fantômes s'enfuyaient en courant.

« Tu veux bien fermer le livre, petit ?

Simon secoue la tête. Fermer le livre, ce serait

comme fermer les yeux et disparaître, la nuit, quand les ombres déploient leurs voiles obscurs. Au bout de ses doigts, contre la couverture du livre, son cœur bat à toute vitesse.

« Il le faut, pourtant...

Les mains agrippées au livre, Simon secoue la tête avec plus de force. La voix soupire.

« Je comprends. Tu n'es pas d'accord avec la fin de l'histoire. C'est ça ?

Simon fait signe que oui.

La voix se fait bienveillante.

« C'est écrit. On ne peut rien y changer.

Simon hausse les épaules. Tout peut changer si on le veut, dit son père.

La voix se fait insistante.

« Il faut fermer le livre, maintenant, petit. C'est important.

Simon fronce les sourcils. Il fixe les pages d'un regard ombrageux. L'une d'elles tremble sous sa main. Il murmure :

— Pourquoi, c'est important ?

— Tant que le livre reste ouvert, l'histoire est suspendue, et moi avec.

— Qu'est-ce que ça veut dire suspendue ?

— Ça veut dire que ce n'est pas fini. Tu comprends ?

Simon serre le livre des deux mains. Ce qu'il comprend lui déplait au plus haut point. D'un mouvement farouche, il pose les mains à plat sur les pages. Personne ne fermera le livre. Il le gardera ouvert la vie entière, il dormira dessus, le cachera sous son lit, le surveillera jour et nuit.

— Si je ferme le livre, tu... tu mourras... C'est bien ça ?

— C'est écrit. Tu l'as lu toi-même.

Simon sent une boule gonfler dans sa gorge.

— Monsieur Jean Valjean, s'il vous plaît, je veux pas que tu meures.

— C'est gentil, mais ce n'est pas moi qui décide.

— Qui alors ?

— L'auteur. Victor.

— Je sais. Son nom est sur la couverture. Mon père s'appelle Victorien. C'est presque pareil.

— Eh bien, quand ton père prend une décision, tu n'as pas le pouvoir de l'en empêcher.

— Moi, je suis un enfant.

— Et moi, je ne suis qu'un personnage.

— C'est quoi un personnage ?

— C'est quelqu'un qui exécute les ordres de l'auteur.

— Même si t'en as pas envie ?

Les pages frémissent sous les mains de Simon.

— Un personnage n'a pas d'envie particulière, sauf de contenter son auteur.

Simon cligne des paupières. C'est un tic, dit sa mère. Le docteur a dit : *ça passera. Donnez-lui ce sirop tous les soirs.* C'est amer. Ça donne envie de vomir. En cachette, Simon le recrache par la fenêtre.

« J'ai une idée. Je vais être ton auteur et je te laisserai vivre.

— Ce n'est pas si simple. J'ai signé un contrat.

— C'est quoi un contrat ?

— C'est un papier qui prévoit tout ce qui va arriver. C'est écrit que je dois mourir dans les dernières lignes du roman.

— Eh bien moi, j'efface ces lignes.

— Hé là, tout doux. Si tu les effaces, je vais rester

cloué au lit pour l'éternité.

— C'est quoi l'éternité ?

— C'est comme le père Noël.

— Le père Noël n'existe pas. Je le sais.

— Manquait plus que ça ! Tu as quel âge ?

— Dix ans et demi. Je suis grand.

— Grand ou pas, je ne peux pas rester dans ce lit, sans mourir.

— Pourquoi ?

— Un roman, c'est comme la vie. Il y a un début et une fin. Si je ne meurs pas, le roman ne sera pas fini, l'auteur ne sera pas content et il me fera un procès.

— C'est quoi un procès ?

— Écoute, sois gentil. Laisse-moi terminer mon travail.

— C'est quoi ton travail ?

— Je te l'ai dit. Je joue un personnage. Je n'existe pas en vrai. Je vis seulement dans la tête de l'auteur.

Simon grimace. Les adultes ont le don de tout compliquer.

— Eh bien, t'as qu'à sortir de sa tête !

— Je ne crois pas que ce soit possible.

— Tu es prisonnier, alors ?

Jean Valjean ne répond pas. Ce gosse pose de drôles de questions. Un personnage de roman n'est pas là pour penser. L'auteur a bien insisté sur ce point.

Simon réfléchit. Est-il lui-même un personnage ? Si oui, dans quelle tête se trouve-t-il ? Celle de sa mère ? Celle de son père ? Son père est parti, il y a longtemps, sur son bateau. Sa mère dit qu'il rentrera bientôt. C'est faux. Simon le sait. Il fait semblant de le croire. Sur le mur, le voilier de son père est presque couché sur la mer.

Imaginer qu'il pourrait se trouver dans la tête de sa mère emplit Simon d'un grand froid. C'est elle qui entre dans sa tête parfois. Elle ne cesse de lui répéter : *tu ne peux rien me cacher. Je connais tes pensées. Ne t'avise pas de me mentir.*

La voix de Jean Valjean interrompt ses réflexions :

— Prisonnier ou pas, je dois jouer mon rôle jusqu'au bout. Je ne peux rien y changer. Seul l'auteur a ce pouvoir.

Changer est un verbe que les adultes aiment bien utiliser. Sa mère lui ressasse chaque jour le même refrain :

— Si encore j'étais sûre que tu changerais un jour. Ça ne peut plus durer comme ça !

— Pourquoi ?

— Parce que ce n'est pas une vie !

Simon ne comprend pas ce qui n'est pas une vie. Si son père était là, il lui expliquerait.

Si l'auteur a le pouvoir de modifier l'histoire, pourquoi ne pas le lui demander ? Jean Valjean n'y a pas pensé.

— Tu peux proposer à ton auteur de changer la fin ?

Simon devine un sourire dans la voix.

— Il m'est arrivé de lui suggérer quelques arrangements. C'est rare qu'il m'écoute. Un auteur c'est une sorte de dieu. Rien n'existe au-dessus de lui.

Simon s'allonge à plat ventre et pose sa joue sur le livre.

— Alors, laisse-moi devenir ton auteur. Avec moi, tu ne mourras jamais. Je t'écrirai des aventures encore plus belles que dans ce livre. Tu veux bien ?

Pas de réponse.

Simon répète, plus fort :

« Tu veux bien ?

Une voix aiguë monte depuis la cuisine, traverse les murs, se faufile sous la porte.

— Simon !

— C'est ma mère ! s'écrie-t-il en secouant ses mains comme pour les débarrasser d'un papier collant.

— Cesse de parler tout seul, tu sais que je n'aime pas ça !

Simon se redresse, prend le livre, se glisse sous le lit.

— Maman croit que je parle tout seul. La maîtresse aussi. Mais c'est pas vrai. Amina sait que c'est pas vrai. Tu connais Amina ?

Derrière la fenêtre, le vent bouscule les branches du pin. De grosses gouttes de pluie ricochent sur le rebord. Le rideau se soulève. Entre les mains de Simon, un mouvement agite les pages du livre. Sans doute le soupir de Jean Valjean. Comment convaincre ce gosse de le laisser tranquille ? Il a respecté sa part du contrat qui l'attachait à l'auteur. Il a tenu sans faillir les rôles qui lui étaient attribués : bagnard, voleur, entrepreneur, maire, jardinier, père adoptif et plus encore. Il a accepté d'être rejeté, injurié, traqué. Il a consenti à changer plusieurs fois d'identité, il a participé, malgré lui, à l'insurrection républicaine, il a sauvé Marius, au risque de sa vie, pour l'amour de Cosette et, fidèle au scénario, il s'est résigné à mourir en beauté au moment où il aurait pu enfin vivre heureux. Que lui veut-on ? Serait-il tombé dans un autre roman sans s'en rendre compte ? Sans même savoir quel personnage il doit incarner ? *Amina...* a dit l'enfant :

— Amina ? Qui est-ce ?

— C'est ma copine. Ses parents et son frère se sont

noyés. Toi, tu es plus fort que tout le monde. Tu as soulevé une charrette, tu as sauvé un matelot qui se noyait, tu as porté Marius sur ton dos, tu peux sauver les parents d'Amina.

— S'ils sont morts, c'est trop tard.

— Mais il y a en a plein d'autres. Ils s'entassent sur des bateaux pneumatiques pleins de trous. Alors ils coulent. Je vais t'écrire une histoire et tu les sauveras tous. Le petit frère d'Amina, il ressemblait à Gavroche.

— Gavroche, je n'ai rien pu faire pour lui.

Simon caresse la page sans répondre. Au fond de lui tourbillonnent des pensées qu'il préfère taire. Il ne le dira à personne, mais que Gavroche soit mort sur la barricade est plutôt une bonne chose. Jean Valjean aurait pu s'y attacher et peut-être l'adopter comme Cosette. Ce serait bien si Jean Valjean l'emmenait. Il n'aurait plus peur de s'endormir. Ce sont les fantômes qui trembleraient.

— C'est pas ta faute si Gavroche est mort. Même mon frère jumeau, tu n'aurais pas pu le sauver.

— Il est mort, lui aussi ?

— Il a été étranglé dans le ventre de maman avec le *cordobilical*. Maman dit que c'est à cause de moi. Moi, je ne m'en souviens pas.

— Elle dit de drôles de choses ta mère.

— Elle croit que c'est à mon frère que je m'adresse quand je parle tout seul. Mais je parle jamais tout seul. Tu m'as entendu parler tout seul ?

— Simon !

Simon retourne le livre à plat sur les pages ouvertes. Il s'extrait de sous le lit et se met à tourner dans la chambre, comme un poisson pris dans la nasse, en agitant les mains devant son visage.

— C'est l'heure ! Et ferme ce livre ! Je te l'ai dit cent fois ! Ça t'abîme les yeux de rester le nez dessus !

Simon pose le Roi Lion sur le livre pour l'empêcher de se refermer. Il quitte sa chambre, descend l'escalier, rejoint sa mère en traînant les pieds. On entend des éclats de voix, des pleurs, des silences, des cris. Simon remonte en courant. Il claque la porte et se glisse sous le lit. À pleines mains, il étreint la couverture du livre. La double page, pressée contre son visage, se mouille de larmes.

— Pourquoi tu pleures, petit ?

— Je veux pas y aller. Je veux pas y aller !

— Où donc ?

— À l'école spéciale. Maman dit que c'est pour mon bien. Moi, je sais que c'est pas vrai. Je préfère aller dans les écoles que tu as construites.

— Pour entrer dans ces écoles, l'auteur doit donner son accord.

— Eh bien, t'as qu'à lui demander à ton auteur !

— Je sais ce qu'il me répondra.

La respiration de Simon s'accélère. Il pressent une réponse négative. Comment faire pour convaincre l'auteur ? Comment faire pour que Jean Valjean comprenne l'urgence de la situation ?

— Qu'est-ce qu'il répondra ?

— Que tu n'es pas un personnage du livre.

Simon se pelotonne contre le mur, le livre serré contre lui à la façon d'un bouclier. Les pas de sa mère retentissent dans l'escalier. Elle l'appelle de la voix qui lui fait peur. Celle qu'elle prend quand elle est en colère, celle qui lui donne envie de rentrer dans le sol, ou dans le mur, ou de rejoindre le bateau de son père, ou de voler dans le ciel, très loin, jusqu'à se rendre invisible.

— Qu'est-ce qu'il faut faire pour devenir un personnage ?

— Il faut que l'auteur te choisisse…

La respiration de Simon s'accélère. Il existe donc un moyen.

— Comment il t'a choisi ?

— Il est venu dans la boutique.

— Quelle boutique ?

— La boutique de location de personnages.

— Comment ça s'est passé ? Raconte-moi.

— Tu promets de fermer le livre, après ?

Simon hoche la tête, sans répondre.

— Tu racontes, d'abord.

Simon étreint le livre à l'étouffer. Sous le lit, l'obscurité forme un cocon protecteur. Les yeux clos, il écoute la voix de Jean Valjean s'enrouler autour de lui.

Récit de Jean Valjean

Voilà longtemps que je n'avais plus de travail. Les temps étaient difficiles. Un jour, j'ai aperçu un panneau à la porte d'une boutique. On cherchait du personnel. Je suis entré. C'était un magasin de location, spécialisé dans les personnages de romans. Le patron m'a regardé des pieds à la tête. Il m'a demandé de marcher, de m'asseoir, de pleurer, de crier, de rire, et d'autres choses encore. Il voulait savoir si j'avais eu des histoires d'amour. Si j'avais eu des ennuis avec la justice… Je lui ai avoué un petit larcin, sans conséquence. Prison ? Quelques jours, seulement. Il notait tout dans un grand cahier. Il m'a interrogé sur les métiers que j'avais faits. Ma réponse :

un peu tous, a paru le satisfaire. Si j'avais déjà tué quelqu'un. Non ? Dommage. Un profil très sollicité, d'après lui. Il m'a aussi demandé si j'étais déjà mort. Je ne savais pas trop quoi répondre. Il m'a rassuré : les personnages de romans peuvent mourir dans un rôle et apparaître plus tard, dans un autre roman, dans un autre rôle. C'est pratique. Il a grimacé un petit sourire et m'a tapoté l'épaule :

— Si je comprends bien, vous êtes un débutant.

J'ai acquiescé. Inutile de mentir. Il semblait me connaître mieux que moi-même.

— Vous avez une adresse où je pourrais vous joindre ?

Depuis plusieurs jours, j'errais par-ci par-là. Je dormais sous des porches. Sur des bancs. Sur les quais. Là où je trouvais de la place. Je n'étais pas seul dans ce cas. À mon air embarrassé, le patron a compris tout de suite. Il a posé un masque de carton sur mon visage et m'a installé dans la vitrine de sa boutique. Un personnage, ça ne prend pas de place. C'est même transparent tant qu'on ne lui a pas confié un rôle. D'où l'utilité du masque, qui, lui, est bien visible.

— Il n'y a plus qu'à attendre.

Derrière la vitrine, je voyais défiler des gens. Certains s'arrêtaient. Regardaient mon masque et mes vêtements. D'autres me montraient du doigt, discutaient avec le patron et repartaient en haussant les épaules.

Le patron me confiait, à voix basse :

— Ne vous en faites pas. C'est toujours difficile au début pour quelqu'un sans expérience, mais après, ça va tout seul. Vous verrez.

J'ai attendu plusieurs jours. Je commençais à

désespérer quand un client est entré dans la boutique, sans même s'arrêter devant la vitrine. Ce qui était rare. Je le sentais impatient. Avant même que le patron ait prononcé un mot, il a lancé :

— Je voudrais louer un personnage avec des caractéristiques très précises. J'espère que vous avez ce qu'il me faut.

Le patron l'a tout de suite reconnu. La soixantaine, cheveux blancs, barbe blanche, vêtements de bonne coupe, c'était quelqu'un d'important. De célèbre même. Le patron n'en a rien laissé paraître. Dans ce métier, la discrétion joue un rôle décisif. La raison en est évidente. Les auteurs évitent de clamer sur les toits qu'ils louent les personnages de leurs romans dans une boutique spécialisée. Ils préfèrent que leurs lecteurs, ignorants et crédules, s'extasient sur la puissance de leur imagination.

Le patron, en grand professionnel, a sorti son carnet de fiches où sont répertoriés les personnages en attente.

— Quel genre ? Homme, femme, enfant, vieux ?
— Un homme.
— Pour quel rôle ?
— Ancien bagnard.
— Motif de l'emprisonnement.
— Vol de pain.
— Voyons...

Le patron a consulté son fichier : vol de voiture, non... D'argent ?

— Oh, juste une broutille, presque rien. Une pièce de monnaie à un gamin, sans s'en rendre compte.

Le patron a continué :
— Vol d'enfant, ça n'ira pas... Vol d'identité ?

— *Plus tard... Mais mettez-le de côté... Vol de pain, vous n'avez rien ?*

— *Ah ! Voilà ! Vols alimentaires... On y arrive... J'ai un vol de pomme...*

— *Plus tard... Plus tard... Ce sera un autre personnage... Vol de pain, toujours rien ?*

— *Vol de blancs de poulet sous cellophane ? Non plus... Ah ! Vol de brioche, c'est pas mal, ça, sauf que c'est un môme.*

— *Un môme ? Ça pourrait me servir plus tard, gardez-le en réserve. Pour l'instant, c'est un vol de pain dont j'ai besoin.*

— *Ah ! Attendez ! J'ai quelque chose qui pourrait convenir. C'est un personnage que je viens de recevoir. Vol de pain surgelé, précuit, à passer au four 10 minutes.*

J'ai compris que le patron parlait de moi et du petit larcin que j'avais commis dans un supermarché. Ce jour-là, mon ventre vide criait si fort que j'ai pris le premier morceau de pain qui m'est tombé sous la main. Le vigile m'a rattrapé. La police m'a emmené. Le juge a eu pitié de moi : trois jours de prison, vous aurez un toit et de la nourriture.

Mais ça ne convenait pas à l'auteur.

— *Hum... Ce n'est pas tout à fait ce que je recherche.*

— *Mais c'est moderne. Ça donne l'impression de faire son pain soi-même.*

— *Mon bonhomme n'a pas de maison, encore moins de four.*

Ce qui était vrai en ce qui me concernait. Le patron a insisté.

— *Le pain est précuit. Une fois décongelé, ça se*

laisse manger, surtout pour un gars qui sort du bagne. Doit pas trop faire le difficile.

L'auteur a marché un moment de long en large, dans la boutique, le front plissé.

— Bon, je le prends à l'essai.

Le patron s'est frotté les mains.

— Vous travaillez sur quel format ?

— Un roman, en plusieurs tomes.

— Une grosse affaire, donc. Si je peux me permettre, je vous suggère de choisir le forfait total média. C'est à peine plus cher et vous aurez tout.

— Tout quoi ?

— Adaptation du roman au cinéma, théâtre, télévision, radio, comédie musicale, ballet, opéra, bande dessinée, manga, DVD, Blu-Ray... la totale !

— Euh... je ne sais pas...

— Croyez-moi, aujourd'hui, mieux vaut voir grand dès le début. Ceux qui ont suivi mon conseil vous le diront.

— Ah ?

— Tenez, il y a quelques années, Alexandre D., se trouvait là, à votre place. Vous le connaissez sûrement. Il voulait louer un mousquetaire pour un roman de cape et d'épée. J'y ai dit, un mousquetaire, ça colle pas avec la devise. Quelle devise ? il m'a demandé. « Un pour tous, tous pour un ! » Il vous en faut au moins trois, sinon ça sera un bide. Il s'est mis à pinailler, trouvait que ça faisait trop cher... Alors je lui en ai refilé un de plus, à titre gracieux. Quatre mousquetaires pour le prix de trois, une affaire ! Faut savoir faire des sacrifices pour gagner son pain.

— J'en ai entendu parler, en effet. Il a pris le forfait ?

— *La totale, je vous dis. Et je vous prédis le même succès, peut-être plus encore. Un mec envoyé au bagne pour avoir volé du pain, ça va faire un carton. J'ai du flair pour ce genre de choses, croyez-moi...*

— *Bon... Je vous fais confiance...*

— *Vous ne le regretterez pas. Voilà... une petite signature ici... et là... et là... et là... Parfait. Je le fais livrer chez vous ou dans un point relais, à votre convenance ?*

— *Quelle est la différence ?*

— *Chez vous, ce sera après-demain entre 8 h et midi, plus les frais de livraison. Dans un point relais, je vous livre cet après-midi, sans frais, et vous allez le retirer quand vous voulez.*

— *Cet après-midi, alors, j'ai hâte de commencer.*

— *Ça roule ! Et n'oubliez pas la garantie. Vous avez 8 jours pour le retourner s'il ne vous convient pas.*

Simon caresse les pages du livre. C'est donc ainsi que les choses se déroulent. Une idée germe dans sa tête. Mais il veut en savoir plus avant d'en parler.

— Et après ?

— Après ? L'auteur est venu me chercher et m'a emmené chez lui, dans son bureau.

— Comment ça s'est passé ? Raconte !

Suite du récit de Jean Valjean

D'abord, il m'a examiné sous toutes les coutures. Il avait besoin de quelqu'un de costaud. Certaines scènes exigeaient d'avoir de bons muscles. Il m'a demandé :

— *Comment vous appelez-vous ?*

La question m'a surpris. Un personnage n'a pas de nom tant que l'auteur ne lui en a pas donné.

— *Comme vous voulez. Vous êtes l'auteur. Moi, je suis le personnage. Je m'adapte.*

— *D'accord. Mais vous pouvez avoir votre mot à dire. Un nom, ça marque un individu. Il faut qu'il vous aille comme un gant. Que vous vous sentiez bien dedans.*

Je n'ai pas voulu le contrarier.

— *Vous avez un nom à me proposer ?*

Il a réfléchi, un moment.

— *Jean Tréjean, qu'en pensez-vous ?*

J'ai réfléchi aussi. À voir le décor autour de moi, je me suis dit que c'était une bonne place, surtout que l'auteur prévoyait plusieurs tomes à son roman. Il ne fallait pas que je rate l'entretien d'embauche. Je devais montrer que je m'intéressais à son œuvre. Je lui ai dit :

— *Jean, c'est bien. Tréjean me convient moins. Que diriez-vous de Valjean ?*

Il s'est concentré un moment :

— *Valjean. C'est pas mal. Percutant. Facile à retenir. On entend V'là Jean ! Ça claque ! Ça pose un héros.*

Ensuite, il a fourragé dans sa barbe. Il a marché en long et en large, les mains derrière le dos. Il semblait embarrassé.

— *Je vais être franc avec vous, monsieur le personnage. Valjean me plaît bien, mais ce qui me plaît moins c'est que vous pensiez.*

J'étais stupéfait.

— *Vraiment ?*

— *Vraiment !*

— *Dommage, le mot est intéressant pour un écrivain.*

— *Quel mot ?*

— *Vraiment. En deux syllabes, ce mot énonce la vérité et le mensonge.*

J'aurais mieux fait de me taire. Il a grogné en tirant sur sa barbe. Je lisais dans son regard un mélange de surprise et d'irritation.

— *Cher monsieur le personnage, apprenez qu'on ne fait pas de l'étymologie avec la phonétique. Pour votre gouverne, sachez que « vrai » fait référence à la vérité et que le suffixe « ment » n'a rien à voir avec le verbe mentir, mais signifie « de manière ». « Vraiment » signifie donc « de manière vraie ».*

Je hochai la tête avec respect. Mais je n'ai pu m'empêcher d'ajouter.

— *Excusez-moi, mais il m'arrive de penser que les mots peuvent avoir des sens cachés.*

Il a donné un coup de poing sur son bureau qui a fait valser le premier chapitre de son roman.

— *Écoutez mon brave. Dois-je vous le rappeler ? Vous n'êtes pas ici pour penser. Vous avez lu votre biographie ? C'est écrit en toutes lettres. Vous êtes inculte, c'est à peine si vous savez lire, vous avez passé dix-neuf au bagne, sous le numéro 24601.*

— *Pour avoir volé un morceau de pain...*

— *Et aussi pour avoir tenté plusieurs fois de vous évader.*

— *N'importe qui en aurait fait autant.*

— *Peu importe ! Il faut que vous acceptiez le fait que votre personnage ne pense pas, n'a jamais pensé et encore moins après avoir passé presque la moitié de sa vie au bagne, enchaîné !*

Je ne suis pas du genre à me laisser impressionner. J'ai répondu :

— *J'ai accepté votre proposition parce que j'aime*

les rôles de composition. Et votre personnage, je le sais d'expérience, pensera un jour. C'est sûr ! Sinon…

— *Sinon, quoi ?*

— *Sinon, votre bouquin ne marchera pas. Tout le monde vous le dira. Le héros doit changer au cours de l'histoire. Il doit évoluer. Et, si l'auteur est doué, ce que je crois en ce qui vous concerne, il pourra même le transformer en son contraire.*

— *Vous doutez de mon talent d'écrivain ?*

— *Par nature, je doute de tout. Ce qui me permet de dire les choses sans détour.*

Il a haussé les épaules et m'a donné à lire le résumé du roman. Je l'ai revu trois jours plus tard. Il voulait avoir mon avis sur le personnage. J'en ai dit le plus grand bien. Il le fallait pour avoir la place. Il m'a demandé comment je trouvais les autres protagonistes. J'avoue que je ne m'en étais pas préoccupé. Je savais que le rôle de Jean Valjean me prendrait beaucoup de temps. Je suis du genre méticuleux, et…. Il m'a interrompu.

— *C'est tout à votre honneur. Voyez-vous, tous les personnages de mon livre sont importants et dignes de figurer dans mon roman. Je peux même dire, sans risque de m'avancer, qu'ils resteront dans l'histoire, longtemps après ma mort.*

— *Je n'en doute pas, monsieur.*

Il m'a regardé bien en face.

— *Quant à vous, vous deviendrez un monument de la littérature.*

Je n'en demandais pas tant. Je ne savais pas trop quoi répondre. Il s'est mis à marcher de long en large, une main enfoncée dans son gilet, l'autre lissant sa barbe. Parfois, il s'arrêtait devant une écritoire et

inscrivait quelques mots sur un papier. De temps en temps, il me lançait un regard avec l'air de me jauger. Puis, il m'a dit :
— *J'ai une proposition à vous faire qui devrait vous intéresser.*

Quand j'entends ce genre de phrases, j'ai tendance à me méfier.
La suite m'a confirmé que j'avais raison.

— *Voyez-vous, mon brave, la location des personnages revient chère. J'ai pensé que vous pourriez...*

Jean Valjean marque une pause. Une longue pause. Les mains posées sur le livre, Simon s'impatiente.
— Que tu pourrais quoi ?
Les pages font le gros dos. La voix de Jean Valjean vibre de colère.
— J'ai failli claquer la porte !
— Pourquoi ?
— Les auteurs sont des gens très capricieux. Ils se considèrent comme le centre du monde. Ils exigent que leurs personnages satisfassent leurs désirs, même les plus contestables.
— Qu'est-ce qu'il voulait ?
— C'est à peine croyable.
— Oui. Mais qu'est-ce qu'il voulait ?
— J'ignorais que ce genre de choses existait.
— Dis-moi.
— Il voulait me faire travailler davantage.
— Qu'est-ce que ça veut dire ?
— Tu vas comprendre...

Suite du récit de Jean Valjean

Victor avait laissé sa phrase en suspens. J'ai dû le relancer. J'aime que les choses soient claires.

— Que je pourrais quoi ?

— C'est simple. Il s'agit d'un roman. C'est-à-dire un assemblage de lettres qui forment des mots, des paragraphes, des chapitres. En lisant, le lecteur imagine le décor, les visages des personnages... et chaque lecteur aura sa propre représentation. Vous comprenez ?

— Je crois, oui...

— J'ai pensé que vous pourriez cumuler.

— Comment ça cumuler ?

— Hé bien... Vous pourriez interpréter plusieurs personnages. Ce doit être dans vos cordes.

— J'en incarne déjà plusieurs, en plus de celui de Jean Valjean. M. Madeleine, Fauchelevent, Champmathieu, Leblanc, Fabre...

— Vous citez des transformations de Jean Valjean. Je vous parle d'autres personnages.

Je le voyais venir. Mais j'ai préféré me montrer stupide. C'est un bon moyen pour obtenir des informations.

— Mon patron m'a envoyé chez vous pour interpréter un personnage...

— Ne craignez rien, je m'arrangerai avec lui.

— Mais, dans mon contrat...

— Nous le modifierons, voilà tout. Je perçois en vous une capacité innée à vous métamorphoser selon les situations.

L'idée ne m'emballait pas.

— Quels personnages voudriez-vous que je joue en

plus de Jean Valjean et de ses avatars ? Il y en a beaucoup dans votre roman.

Il a tourné un moment autour de moi, le front soucieux, les paupières à demi fermées.

— J'ai pensé à Marius...

J'ai secoué la tête.

— Ça n'ira pas. Je me vois mal dans la peau d'un ténébreux mélancolique au teint blafard qui se meurt d'amour. Et puis, ce n'est plus de mon âge.

— On vous maquillera.

— Mais c'est un livre !

— Je sais. Mais il faut faire comme si c'était vrai. Le lecteur est fourbe. Il pinaille sur les détails. C'est à jeter sa plume dans la Seine et se pendre après.

— Je vous dis que ça n'ira pas. Comment ferais-je dans la scène où Jean Valjean porte Marius sur son dos ? Je ne peux pas interpréter les deux personnages à la fois, en même temps.

— Ça ! C'est moi que ça regarde. J'ai suffisamment de génie pour gérer la situation.

Il commençait à m'énerver le père Victor.

— Et Cosette ? Vous voudriez que je joue son rôle aussi ?

— Rassurez-vous mon brave. Je n'irai pas jusque-là. Mais Javert... Je vous vois bien en Javert.

— Un flic !

— Et Thénardier ?... Ce serait pas mal...

— Un escroc !

— Ne soyez pas si rigide. Ce ne sont que des personnages...

J'étais prêt à le planter là et à le laisser patauger avec ses personnages. Je me laissai aller à ricaner, histoire de le défier.

— Et Gavroche ? Vous ne voudriez pas que je joue son rôle aussi ? Puisque c'est un livre, personne ne le remarquera.

— J'y ai pensé... Je vous imagine bien en Gavroche. J'ai essayé de me dominer.

— Gavroche ? Mais c'est un môme !

— Vous avez été un enfant. Faites appel à vos souvenirs.

Comme si un personnage avait des souvenirs ! Il m'est venu une idée.

— Supposons que j'accepte.

— Vous voyez... Avec de la bonne volonté.

— Il y a une chose qu'il me sera impossible de faire.

— Vous ? Allons. Pas de modestie. Vous êtes capable de jouer tous les rôles.

— Jouer, peut-être, mais pas chanter ! Gavroche chante Voltaire, Rousseau... je ne pourrai jamais. J'ai toujours chanté faux.

Il a pris un air sérieux. M'a regardé droit dans les yeux.

— Écoutez mon brave. Ça se passera dans un livre. Vous ferez semblant. Personne ne s'en apercevra.

— Mais le patron a parlé de films, de comédies musicales...

— Tout est prévu. On vous doublera. Quelqu'un chantera à votre place.

— Ce n'est pas très honnête.

— C'est la routine. Par exemple, dans les films d'Hitchcock, la femme qui crie quand on la poignarde ou quand elle découvre un cadavre, vous croyez que c'est sa voix que l'on entend ?

— Ma foi... oui. On la voit.

— Illusion ! Il y a des professionnels spécialisés

dans le cri. Ils crient dans le ton de la musique. Si le chef d'orchestre veut un cri en si mineur, ils ne crieront pas en la majeur. Il faut que ce soit en harmonie, sinon ça crée une dissonance. Vous comprenez ?

J'ai demandé à réfléchir. Je suis retourné à la boutique. J'en ai parlé au patron. Il a haussé les épaules.

— C'est fréquent. C'est pas très régulier, mais c'est fréquent. Et, pour tout dire, ça m'arrange. Je déclare un personnage. Les autres, c'est sous le manteau.

Il a ajouté :

— Si vous refusez, j'en ai plusieurs en attente qui seraient heureux de prendre votre place. Alors, ne réfléchissez pas trop longtemps.

J'ai fini par accepter. Mais j'ai posé une condition. J'ai dit à Victor :

— C'est d'accord, sauf qu'il faudrait modifier des prénoms dans votre livre.

Il a froncé les sourcils.

— Je vous ai déjà expliqué l'importance des prénoms. Je les ai choisis avec le plus grand soin. Il n'y a rien à changer.

— Avec tout le respect que je vous dois, je me permets d'insister.

— Je vous écoute. Mais soyez bref !

— Marius et Cosette, ça ne va pas ensemble.

— Et pourquoi donc ?

— Je viens de Marseille. Là-bas, la tradition associe Marius avec Fanny. Cosette ne correspond pas du tout.

Il s'est gratté la tête, s'est approché de moi et m'a soufflé à l'oreille.

— Je sais. Mais je suis coincé. C'est le prénom de la fille de l'éditeur. Impossible de le modifier.

Après un long silence, Jean Valjean prononce la phrase que redoutait Simon :

— Voilà, petit. Tu sais tout. Il faut fermer le livre maintenant.

Simon ne répond pas. Son cœur cogne au milieu du ventre. Un éclair illumine le ciel. Le tonnerre gronde. La pluie tombe en rangs serrés, obliques. Elle pénètre dans la chambre par la fenêtre ouverte.

— Simon !

La voix de la mère retentit.

« Dépêche-toi. Nous allons être en retard.

Simon s'agrippe au livre. Il doit convaincre Jean Valjean. Tout de suite. Avant que sa mère vienne le chercher.

— Monsieur Valjean. J'ai une idée.

— Ferme le livre, s'il te plaît. Je dois partir, maintenant. Le patron aura peut-être un nouveau rôle à me proposer.

Simon insiste.

— Écoute. Si je rentre dans le livre, je pourrais jouer Gavroche. Et au lieu de mourir, je serais juste blessé. Une petite égratignure de rien du tout. Tu me prendrais dans tes bras, on se sauverait dans les égouts, on sauterait dans un bateau et on s'en irait très loin. Personne ne nous trouvera. Et tu resteras vivant.

Jean Valjean soupire. Ce gosse ne le laissera pas tranquille tant qu'il n'aura pas obtenu gain de cause.

— C'est bien joli. Mais que fais-tu de l'auteur ?

— Pas besoin de lui. On sera des personnages libres et on jouera les rôles qui nous plaisent.

— Comment ?

— C'est simple, on inventera nos propres histoires.

— Il faut de l'imagination, pour ça.

— Moi, j'en ai ! Plein ! Papa disait que j'avais de l'imagination à revendre. Même le docteur l'a dit à maman : les enfants comme Simon ont un grand imaginaire.

— Comment ça marche l'imaginaire ?

— C'est comme une idée.

— C'est vague. D'où ça vient ?

— Personne ne le sait.

— Ça marche comment ?

— Personne ne le sait.

— On ne sait pas grand-chose, alors.

— Je sais seulement comment il faut faire.

— Je t'écoute.

— Suppose que tu veuilles jouer le rôle d'un bossu qui aime faire sonner les cloches de la cathédrale pour son amoureuse.

— C'est une drôle d'idée, mais supposons.

— Il suffit que tu imagines la scène. Ensuite, tu entres dans la tête d'un auteur. Ça allume une lumière dans son cerveau et il écrit le rôle que tu lui souffles, sans qu'il s'en rende compte.

— Comment peut-il ne pas s'en rendre compte ?

— Parce qu'il croit que c'est lui qui invente l'histoire.

— Tu veux dire que c'est le personnage qui rédige le roman ?

— Voilà ! Tu as tout compris !

— Comment tu sais ça ?

— Grâce à mon père. Il vient dans ma tête, la nuit. Et je le rejoins sur son bateau.

Jean Valjean sourit. Ce gosse serait émouvant s'ils ne se trouvaient pas chacun de part et d'autre du livre.

— Ce dont tu parles, ça s'appelle un rêve.

Simon fait la moue. C'est difficile pour les adultes de comprendre ce genre de choses.

— Le rêve et l'imaginaire c'est pareil !

— Moi, je n'ai pas d'imagination. J'obéis aux consignes de l'auteur.

— Je t'en donnerai de l'imagination. Le docteur dit que j'en ai trop, que ça déborde partout, alors... je veux bien partager avec toi.

Une saute de vent soulève le rideau devant la fenêtre ouverte. La pluie tombe dru. Les gouttes ricochent contre la rambarde. Un souffle humide caresse les pages du livre. La voix de Jean Valjean ressemble au murmure des vagues qui s'échouent sur la plage.

— Ton projet me plaît, petit. Je veux bien essayer.

La porte s'ouvre. La mère pénètre dans la chambre. Elle est habillée pour sortir. Chapeau de pluie, imperméable, chaussures plates. Les traits de son visage sont durs, mais ses yeux sont tristes.

— Simon, tu ne me facilites pas les choses. Où te caches-tu encore ?

Sous le lit, Simon se plaque contre le mur, derrière la grosse valise qu'on ne sait jamais où ranger. Il enfouit sa tête entre les pages du livre et serre très fort les paupières. Il ne faut pas faire de bruit, pas respirer, pas pleurer. D'une voix éteinte, il murmure, il supplie :

— Monsieur Valjean, s'il te plaît, ouvre-moi...

La mère s'assoit sur le lit :

— Simon ! Tu es prêt ?

Comme un écho, la voix de Jean Valjean se glisse dans les oreilles de l'enfant :

— Tu es prêt, petit ?

Simon bouge les lèvres. Seul le livre peut l'entendre.

— Je suis prêt. Aide-moi, monsieur Valjean.

La voix de Jean Valjean chante dans la tête de Simon.

— Maintenant, tu vas me rejoindre.

— Où ?

— À l'intérieur du livre. C'est bien ton souhait ?

— Oui ! Oui ! Vite ! Dis-moi comment faire.

La voix de la mère est rauque. Hésitante et sévère à la fois.

— Simon... Allez, viens... Nous allons être en retard. Tu sais que j'ai horreur de ça.

Simon cache son visage entre les pages du livre, serrées contre ses joues.

— Monsieur Valjean. Vite !

— Tu es bien décidé ?

— Oui ! Oui ! Vite !

La voix de la mère monte dans les aigus et se casse comme un verre qui tombe au sol.

— Simon. Je sais que tu es sous le lit. Sors de là. Ne m'oblige pas à m'énerver. S'il te plaît...

La voix de Jean Valjean, mêlée au vent qui agite le rideau devant la fenêtre, frôle les feuilles du livre.

— Une fois que tu m'auras rejoint, tu ne pourras plus revenir en arrière. Toujours partant ?

— Oui ! Vite !

— Cherche la dernière phrase où mon nom est écrit.

Simon parcourt la dernière page.

— Voilà : « *Cosette et Marius tombèrent à genoux, éperdus, étouffés de larmes, chacun sur une des mains de Jean Valjean* ». Et maintenant ?

La voix de la mère éclate en même temps que le grondement du tonnerre emplit la chambre.

— Simon ! Je vais me fâcher. Tu l'auras voulu !

Jean Valjean poursuit :

— Très bien. Entre le mot Jean et le mot Valjean, il y a un blanc, une espace. Tu vois ?

Simon écarquille les yeux. Il y a un blanc entre tous les mots. Pourquoi celui-là en particulier ?

— Entre Jean et Valjean, c'est un blanc spécial, une ouverture.

— Qu'est-ce que je dois faire ?

— Glisse-toi dedans.

— Comme ça ?

— Très bien.

— C'est étroit. Je vais pas pouvoir passer.

— Ne t'en fais pas. Ça s'écartera à mesure que tu avanceras. Je suis juste derrière. Je t'aperçois…

La mère bondit sur ses pieds.

— Simon ! Je te préviens !

Elle s'agenouille devant le lit, soulève la couette, scrute jusqu'au mur du fond, déplace la valise.

— Encore ce livre !

Elle le saisit, le ferme d'un coup sec et l'abandonne sur le bureau.

— Simon ! Je vais me fâcher !

Elle s'approche de la fenêtre. Se penche au-dessus de la rambarde. Regarde en bas. La pluie glisse sur son chapeau. Elle ferme la fenêtre, cherche derrière la porte, ouvre l'armoire, fouille l'intérieur. Elle remarque, sur le papier peint, un bateau cerné d'un cercle rouge. Il est couché sur la mer. Une immense vague va s'abattre sur lui. Elle dessine sa silhouette d'un doigt tremblant.

— Simon… Où est-il passé ?

Elle regarde à nouveau sous le lit, s'assoit. Ses yeux

balayent l'espace de la petite chambre. Les larmes coulent sur ses joues. Où peut bien être son fils ? Pourquoi ne répond-il pas ?

— Simon ? Où es-tu ? Je suis inquiète, maintenant, mon chéri. C'est à cause de l'école spéciale ? Écoute. On n'en parle plus. J'expliquerai au médecin. Je lui dirai qu'on va attendre... que ce n'est pas aussi urgent qu'on le pensait... Tu es d'accord ? Dis-moi où tu es, je t'en prie, mon petit...

Un coup de vent écarte les vantaux de la fenêtre, ouvre le livre posé sur le bureau. Une feuille, dressée à la verticale, palpite comme l'aile d'un oiseau. Sur une page, un dessin montre un groupe de manifestants. Au premier rang, marche un homme aux cheveux blancs. Devant eux, un enfant, coiffé d'une casquette, avance en souriant. Ses pieds dansent au-dessus des pavés. Il chante une chanson où il est question de Voltaire et de Rousseau.